KB129379

아이는 됐고 남편과 고양이면 충분합니다

글·그림 진고로호

꼼지락

프롤로그

지난겨울의 이야기입니다. 글을 쓰다 밤늦게 침대에 누웠습니다. 직장에서 힘든 하루를 보낸 남편은 이미 깊이 잠들었고 고양이들도 잠에 취해 제가 부스럭거려도 미동조차 하지 않았습니다. 혼자 잠이 오기를 기다리다가 문득 귤이 떠올랐습니다. 그리고 깨달았습니다.

'나는 귤을 좋아하지 않아.'

엄마가 귤을 좋아해서 겨울이면 항상 식탁 위에 귤이 있었습니다. 학교에서도 직장에서도 귤을 나눠주는 일이 많았습니다. 그때마다 저는 아무 생각 없이 귤을 먹었지만 귤을 먹으며 맛있다고 느낀 적도, 귤이 먹고 싶어서 겨울을 기다린 적도 없습니다. 그날 밤 저는 문장 하나를 만들었습니다.

'저는 귤을 좋아하지 않습니다. 감귤주스와 감귤잼은 예외입니다.'

저는 이제 귤을 좋아하지 않는 사람입니다. 눈앞에 귤밖에 없다면 귤을 먹겠지만 귤과 사과가 있다면 사과를 선택할 생각입니다. 저는 귤을 좋아하지 않는 사람이니까요.

자신이 무엇을 좋아하는지 무엇을 싫어하는지 무슨 생각을 하고 어떤 생활을 하고 있는지 살피고 발견하는 것은 중요합니다. 그럴 때마다 만들어내는 작은 선언 같은 문장들이 모이면 시끄러운 소리에 쫓겨 어디로 가는지도 모르고 걷는 발걸음을 멈추게 해줍니다. 거대하고 으리으리한 것들 사이에서 작아지고 흐려지는 자신을 붙잡을 수 있습니다.

아무 생각 없이 먹었던 귤처럼 아이 없이 사는 것에 대해 질문을 받을 때도 저는 진지하게 대답한 적이 없었습니다. 얼버무리거나 순간을 모면하기 위한 답만 했습니다. 그것도 말끝을 흐리면서요. '결혼하고 왜 아이 없이 사느냐?'라는 질문은 제게는 어렵고 부끄럽고 괴로운 것이었습니다. 스스로 그 문제에 대해 고민할 때마다 다른 사람처럼 살지 못하고 있다는 자책이 먼저 들었기 때문입니다. 제 삶에 대한 확신도 없었습니다. 그래서 어떤 이유로 아이 없이 살게 됐는지 그리고 아이 없이 사는 매일을 자세히 들여다보는 일이 어려웠습니다.

있는 그대로 받아주는 남편을 만나 평범함에서 자꾸 어긋나려는 제 모습에 대한 부정적인 감정을 내려놓았습니다. 아이 없이 사는 삶에 대해 조용하고 끈기 있게 생각해볼 수 있었습니다. 덕분에 이 책을 썼고 새로운 문장을 완성했습니다.

'저는 아이 없이 남편과 고양이와 함께 살고 있는 사람입니다. 지금 이대로 좋습니다.'

이 책은 저의 작은 선언문인 셈입니다.

원고를 마무리하고 책이 나오기를 기다리며 한 계절을 보냈습니다. 그 짧은 시간 동안 길가에도 제 일상에도 예전과는 다른 일이 생겼습니다. 산수유가 별빛처럼 반짝이던 아파트 담장을 보고 봄이 왔구나 싶었는데 어느샌가 그 자리에 빨간 장미가 피었고 시들었습니다. 퇴근 후 가끔 게임을 즐기던 남편은 야근이 많아져 집에 돌아오면 그대로 곯아떨어지곤 합니다. 7킬로그램이라고 썼던 고양이는 많이 아픈 이후로 6.3킬로그램이 되었습니다. 매일 저녁 웃음소리를 들려주던 윗집 아이들은 이사를 갔습니다. 끊임없는 변화 속에서 영원한 문장 또한 없을 것입니다.

세월이 흐르면 제가 썼던 문장들은 '요즘 귤이 좋아졌습니다. 저는 이제 귤을 좋아하는 사람입니다'로, '아이 없이 남편과 함께 살고 있는 사람입니다. 저는 지금 허전합니다'로 바뀔 수도 있을 것입니다.

많은 것이 변해도 문장들을 얼버무리지 않고 또박또박 쓰고 고치고 다시 써 내려가는 일을 계속할 생각입니다. 자신만의 선언문을 만들어나가는 분들께 이 책이 고양이의 뱃살같이 따뜻하고 말랑거리면서도 그들의 작고 날카로운 발톱같이 단단한 힘이 되면 좋겠습니다.

우리 집 가족 소개

진고로호

"저는 아이 없이 사는 사람입니다."
이 문장을 쓰기까지 오랜 시간 아이 없이 살아도 괜찮을까 고민해왔다.
아이 없이 사는 삶에 긍정적인, 게다가 고양이까지 좋아하는 남자를 만나
고민 없이 결혼했다. 남들과 다를까 봐 전전긍긍하던 과거를 흘려보내고
조금씩 나 자신을 드러내는 연습을 하고 있다.

한 여자와 결혼했을 뿐인데 순식간에 고양이 부자가 되어버렸다.
가끔 한 마리의 고양이와 조용히 생활하던 과거를 떠올리며
상념에 잠기기도 하지만 고양이털이 날리는 아담한 집에서
진고로호와 같이 있는 것이 세상에서 가장 마음이 편하다는 남자.

진고(13살 수컷)

온화한 성격으로 동생들을 품어주는 맏형.
가끔 너무 착해서 동네북이 되기도 한다.

고로(13살 수컷)

모험을 즐기는 대범한 성격이었는데
요즘은 엄마 곁에서 얌전히 누워 있는 시간을 즐긴다.

호순(10살 암컷)

매일 조금씩 더 동그래지고 있는 고양이.
고양이는 살이 쪄도 예쁘다는 사실을 온몸으로 증명하고 있다.

동동(9살 암컷)

다른 고양이와 같이 어울리지 않고 사람과 노는 걸 좋아한다.
고양이의 모습을 하고 있지만 자주 사람 같은 눈빛을 보여준다.

코깜(5살 수컷)

막내답게 애교도 어리광도 제일 많다.
항상 냥냥거리는 수다쟁이.

차례

1부

이런 가족도 있습니다

우리는 무엇으로
이루어져 있어?

　　고레에다 히로카즈 감독의 영화 〈어느 가족〉의 첫 장면은, 마트에서 겉으로 봐서는 부자지간인 두 사람을 비추는 것으로 시작한다.

　아빠와 아이가 사람들의 눈치를 살피는 모습이 수상하다. 그들은 사람들의 시선을 피해 재빠르게 도둑질을 한다. 도둑질에 성공한 후 기념으로 크로켓을 사서 집으로 돌아간다. 그곳에는 여러 사람들이 같이 저녁을 먹으며 대화를 나누고 있다. 영락없는 가족의 모양이다. 혈연은 아니지만 한집에서 같이 먹고 이야기하고 잠드는 그들은 가족이다. 영화에서는 저마다 평범하지 않는 사연을 가진 사람들이 한집에서 살며 가족이 되어가는 모습을 보여준다.

아이에게 아빠라고 불리고 싶지만 도둑질밖에 가르쳐주지 못하는 주인공이 이렇게 말한다.

"우리는 마음으로 이어져 있어."

그 대사가 인상 깊어 영화를 보고 남편에게 물었다.

"우리는 무엇으로 이어져 있어?"

남편은 조금의 고민도 없이 말했다.

"고양이."

매일 일어나는 자잘한 모래 같은 일들을 공유하며 가족이 된다. 가끔씩 평범한 하루를 흔드는 사건이 생기고 그 사건은 자갈이 되어 모래 사이에 박힌다. 모래와 자갈을 번갈아 담아 시간의 힘으로 압축하면 가족은 더 단단해진다.

저녁을 먹고 나서 남편은 컴퓨터를 하고 나는 그 옆에서 핸드폰을 들여다본다. 무심코 고개를 돌렸는데 배부른 고양이들이 방바닥에 누워 우리 쪽을 보며 만족스럽게 몸을 배배 꼰다. 이럴 때면 꼭 그의 주의를 끌어 같이 고양이를 쳐다본다. 매일 보는 광경이지만 혼자 보기가 아깝다.

"우리 애들 너무 예쁘지 않아?"

"응, 귀여워."

둘의 눈이 마주치고 함께 웃는다. 이런 순간을 나눌 수 있기에 우리는 가족이다.

먹성 좋은 진고가 삼 일째 밥을 제대로 먹지 않았다. 차도 없고 그렇다고 택시를 잡기도 어중간한 거리라 어쩔 수 없이 걸어서 동물병원에 다녀와야 했다. 케이지 자체도 무거운데 7킬로그램이 넘는 진고의 무게가 더해지니 한 사람의 힘만으로 진고를 데리고 이동하는 것은 무리였다. 남편과 같이 양쪽에서 케이지를 잡았다. 지체 높은 양반을 가마에 태워 곱게 모시고 가는 가마꾼이 된 기분이었다. 걷다 쉬다를 반복해 병원까지 가는데 거의 삼십 분이 걸렸다. 가마에 타서 기쁜 나머지 진고는 우엉우엉 울어대고 지나가는 사람들은 우리의 화려한 행차에 놀란 듯 쳐다봤다. 게다가 날씨까지 더워 땀을 엄청 쏟았다. 병원에서 소화가 잘되는 주사를 맞은 후 다시 진고를 가마에 태워 집에 돌아왔다. 왕복으로 걸

으니 기진맥진해졌다.

'혼자였으면 큰일날 뻔했어.'

남편과 함께 고양이를 돌보는 것이 이 순간 세상에서 제일 고마운 일처럼 느껴졌다. 이렇게 둘이 또 한고비를 넘었다.

가족이 되어가는 순간마다 고양이가 있었다. 그와 결혼하기로 결심한 배경에도 고양이가 있었다. 아무리 천생연분을 만났다 해도 그 사람이 고양이를 좋아하지 않아서 고양이들과 같이 살 수 없다면 소용없었다.

마음이 따뜻하고 호들갑이 없고 감정의 기복이 적고, 대화가 통해서 남편과 사랑에 빠졌다. 하지만 우리가 가족이 되는 데는 고양이를 좋아한다는 사실이 중요한 역할을 했다. 처음에는 사랑도 아니고 정도 아니고 운명도 아닌 '고양이로 이어져 있다'는 남편의 대답이 실없는 농담처럼 들렸다. 그런데 정말 맞는 말이다……. 우리는 고양이로 이어져 있다.

과거에는 남녀가 만나 결혼하고 아이를 낳음으로써 맺어지는 가족만 정상으로 여겼지만 최근에는 가족의 범위가 넓어지는 것 같다. 어떤 배경으로 탄생한 가족이든 그 가족을 유지하기 위해서는 많은 노력이 필요하다. 그중 혈연으로 이어진 가족은 그렇지 않은 가족에 비해 본능적으로나 사회적으로도 그 결집이 조금은 더 수월하다고 생각한다. 반대로 혈연으로 맺어지지 않은 가족은 보통의 가족보다 더 큰 책임감으로 서로를 꽉 붙들어야 한다.

예를 들어 결혼해서 아이를 낳고 키우면서 가정을 꾸려나가는 것은 권장하는 일이지만 부부 사이에 아이 대신 동물을 정성으로 키우는 일은 아직까지는 사회적으로 두 손을 들어 환영받는 일은 아니다. 자신의 아이를 버리는 일은 엄청나게 지탄받는 일이지만 키우던 고양이를 버리는 일은 어떤 사람들에게는 아무렇지 않은 일이다. 아이를 낳으면 지금까지 몰랐던 삶의 기쁨을 알게 될 것이라며 어서 아이를 가지라고 큰소리로 말하는 사람은 많지만, 아이 없이 고양이를 키우니 너무 행복하다고 당신도 아이 대신 고양이를 키우라고 말하지는 않는다.

그렇기 때문에 조금만 방심해도 〈어느 가족〉처럼 남의 눈에 띄지 않으려는 음지 가족이 되거나 예상치 못한 사건으로

쉽게 부서져버리는 가족이 될 수 있다.

　그래서 우리는 지금 모래와 자갈, 고양이 다섯 마리를 사이에 품으며 있는 힘을 다해 서로를 꽉 끌어안고 있다. ✽

평범하고 이상한

　서른아홉의 여름, 남편과 함께 살고 있다. 아이 대신 고양이 다섯 마리를 키운다. 아이가 없는 지금 상황이 나에게는 자연스럽지만 꽤 오랜 시간 동안 스스로에게 왜 아이 없는 삶을 살고 있는지 질문을 던져왔다. 특별한 신념이나 뚜렷한 의도가 있었던 것은 아니었다. 내 어린 시절에 그 이유가 있지도 않은 것 같다. 정상 가족의 표본처럼 여겨지던 엄마, 아빠 그리고 아들, 딸인 4인 가족에서 자랐다. 경제적으로 풍족하지는 않았지만 성실하고 부지런한 부모님 덕분에 어려움 없이 평범하게 컸다. 게다가 부모님은 사이가 매우 좋으셨다. 이다음에 크면 나도 엄마 아빠처럼 결혼을 하고 아이를 가질 것이라고 믿었고, 결혼 후에 아이 없이 살 거라고는 상상하지 못했다.

'혹시 내가 아이를 싫어하는 것은 아닐까?' 하는 생각을 한 적도 있다. 솔직히 아이를 많이 좋아하는 편은 아니다. 그런데 나이가 들어 내 어린 시절과 점점 더 멀어질수록 아이들이 귀엽게 느껴졌다. 순진하면서도 거침없이 하는 말과 행동이 재밌다. 끝없는 질문과 넘치는 에너지가 부담스러운 것도 사실이지만 아이들의 사랑스러움을 모르는 것은 아니다.

다만 나는 어릴 때부터 동물을 굉장히 좋아했다. 그게 징그러운 벌레든, 귀여운 병아리든, 키우고 싶어 안달이 났던 고양이든 살아서 꾸물거리는 모든 것에 눈길이 갔고 마음이 갔다. 금붕어나 거북이를 키워도 그들의 존재감이 친구처럼 친근하고 사람처럼 묵직하게 다가왔다. "결혼했으면 아이를 낳아야지 왜 쓸데없이 고양이를 키워?"라고 가끔 사람들에게 핀잔받을 때도 웃음으로 넘겼다. 하지만 속으로는 이해가 가지 않았다.

'고양이는 내 가족인걸.'

고양이를 자식처럼 키우고 있다 해도 나도 그들이 결코 진짜 자식이 될 수 없다는 것을 안다. 가끔 '진짜 아이가 있으면 어떨까?'라는 상상을 해보기도 하지만 고양이와 함께하는 매일에 부족함이 없어 그 이상 욕심이 나지 않는다.

아이를 싫어하는 게 아니라면 청개구리 심보 탓은 아닐까? 하지만 어릴 때부터 말을 잘 듣는 아이였다. 지금도 남들과 의견 대립하는 게 싫어서 되도록 불편한 상황을 만들지 않으려고 노력한다. 그런데 몇 년 전부터 단어 하나가 내 마음 한 켠에 자리잡았다. 기를 쓰고 남들처럼 살려고 발버둥 칠수록 '왜?'라는 물음이 떠올랐다.

'왜 꼭 대학을 나와야 하지?'
'왜 꼭 직장을 다녀야 하지?'
'왜 꼭 결혼을 하면 아이를 낳아야 하지?'
'왜 나이가 들면 큰 평수의 아파트에 살고 자가용을 몰아야 하지?'

의문은 들었지만 겁도 많고 소심해서 당장 모든 것을 엎고 나만의 길을 개척해가겠다는 용기도 없었다. 첫 번째 결혼생활을 하면서 가장 많이 들었던 말은 왜 아이를 갖지 않느냐는 것이었다. 많은 사람들이 나의 자녀 계획에 흥미를 보였다. 가끔 귀찮기도 했지만 그들의 관심과 염려가 담긴 말에 스트레스 대신 고마운 마음을 가졌다. 하지만 그런 일이 몇 년 동안 거듭되다 보니 어느 날 내 안의 '왜?'라는 작은 청개구리가 뛰기 시작했다. 아직 아이가 없다고 하면 어떤 사람들은 세상에서 가장 미스터리한 일을 발견한 것 같은 표정을 지으며 "아니 왜? 왜 애가 없어?"라고 묻는다. "잘 안 생기네요"라고 답하면 "어머 세상에······"라며 세상에서 가장 불쌍한 존재를 본 것 같은 표정이 따라온다.

그 순간 그들의 반응에 부응하기 위해 나는 세상에서, 아니 우주에서 가장 불쌍한 외계인이 된 것 같은 연기를 해야 했다. 그러나 외계인의 마음속에서 청개구리가 콩콩 뛰어다녔다.

'애가 없으면 큰일이라도 나는 거야?'

불쌍해 보이는 일에 지쳤지만 그렇다고 청개구리 심보만으로 내 인생의 중요한 문제를 결정지은 것은 아니었다. 아이를 가지려고 노력한 시기도 있었다. 불임전문병원에서 나처럼 아이 없는 여자들과 대기실에서 인사를 나누고 동병상련의 감정을 느꼈다. 여러 검사를 받고 난소의 건강 상태를 체크하고 의사 선생님과 상담을 했다.

하지만 나는 금방 전의를 상실했다. 병원을 다니면서 아이에 대한 열망이 남들보다 크지 않다는 사실을 깨달았다. 아이가 들어설 수 있는 날짜를 계산하거나 내 몸에 주사를 맞아가면서까지 아이를 낳고 싶지 않았다. 평소 목표 의식이 없는 편은 아니었지만 이상하게 아이에 대한 부분은 쉽게 포기가 됐다. 나는 고양이와 함께 사는 것만으로 만족했다.

그 후 그때 함께했던 남편과 이혼했다. 아이에 대한 의견 차이뿐만이 아니라 여러 가지 면에서 많이 달랐기 때문에 서로의 앞날을 축복하면서 헤어질 수 있었다. 이혼 후에는 아이에 대한 문제가 없어져서 마음이 오히려 편했다. 더 이상 사람들이 왜 아이를 갖지 않냐고 물어보지 않게 되었다.

시간이 흘러 나만큼 고양이를 사랑하고 나보다 더 확고하게 아이를 낳지 않겠다고 말하는 지금의 남편을 만났다. 그리고 알게 됐다. 별일 없는 듯 살았지만 세상의 기준에 맞지 않는 삶을 살고 있다는 죄책감이 나를 괴롭혀왔다는 것을. 그를 만나 안도했다.

'세상에는 나 같은 사람도 있어.'

이제는 왜 아이 없는 삶을 살게 되었는지 나 자신에게 질문을 던지지 않기로 했다. 많이 생각했고 많이 고민했다. 그리고 결론을 내렸다. 내 기준에서 내 삶은 지극히 평범하다. 내가 우주에서 가장 불쌍한 외계인이 아니라는 걸 알게 됐다. 만일 진짜 우주에서 가장 불쌍한 외계인을 만난다면 나는 이렇게 말할 것이다.

"우리는 모두 평범하고 모두 이상하답니다. 그러니 각자의 자연스러운 삶에 집중하는 건 어떨까요?" ✿

세상에는 우리 같은 가족도 있답니다

내가 꿈꾸는 하루

　　직장을 그만두고 나는 요즘 말로 이른바 '용자'가 되었다. 취업이 쉽지 않은 시대에 정년이 보장되는 안정적인 직업인 공무원을 때려치웠기 때문이다. 로또 1등에 당첨된 것도 아닌데 용기를 낼 수 있었던 계기는 내가 꿈꾸는 하루의 모습이 의외로 소박하다는 것에 있었다.

　어느 날 일기장에 꿈꾸는 하루를 적어봤다. 아침에 일어나서 운동과 집안일을 마친 후에 오전에는 글을 쓴다. 점심을 먹고는 그림을 그린다. 늦은 오후 산책하고 집에 돌아와 저녁식사를 만든다. 남편과 저녁을 먹고 나서는 고양이와 놀아주고 책도 읽고 영어 공부도 하며 여유롭게 시간을 보낸다. 그리고 너무 늦지 않게 잠이 든다.

'이게 다야?'

특별한 일이 없는 하루에 나도 놀랐다.

조망이 좋고 넓은 아파트에서 살며 간간이 백화점 쇼핑을 하고 비싼 식당에서 저녁을 먹기도 하고, 일 년에 한두 번 정도는 돈에 구애 없이 멀리 해외여행을 다녀올 수 있다면 좋겠지만 그런 것들을 누리지 못한다 해도 내가 원하는 하루를 보내는 데는 별로 상관이 없었다. 남편과 고양이와 함께 작은 집에서 복작복작 지내면서 하루하루 하고 싶은 일로 채우는 것이 중요했다. 경제적인 욕심을 줄인다면 이룰 수 있는 꿈이었다.

'그렇다면 더 이상 망설이지 말고 꿈을 이뤄보자.'

지금 나는 내가 일기장에 적었던 꿈꾸는 하루를 살고 있다.

만약 아이가 있었다면 어떻게 됐을까? 최대 삼 년간 쓸 수 있는 육아휴직은 공무원의 큰 장점이다. 경력 단절 없이 일과 육아를 병행할 수 있다는 것만으로 '부럽네. 역시 공무원

이야'라고 생각할 수도 있지만 내가 옆에서 본 수많은 워킹맘들의 삶은 부럽지 않았다. 아이가 있으니 최대한 야근이 없는 부서로 보내달라고 이야기해볼 수는 있지만 공무원도 직장인이다. 마음대로 되는 일은 거의 없다. 운이 좋게 배려를 받아 야근이 적은 부서로 가게 되어도 바쁜 시기에는 야근을 해야하고 회식에도 참석해야 하며 더군다나 지방직 공무원의 특성상 새벽 출근과 주말 출근을 피할 수는 없다. 격무 부서로 복직한 직원들도 발령받은 이상 야근을 감내해야 한다. 일과 육아를 같이 할 수는 있지만 아이가 어느 정도 클 때까지는 집에서도 직장에서도 항상 발을 동동거려야 한다.

아이가 없어도 공무원 생활이 충분히 괴로웠던 나는 아이를 키우며 일까지 해내는 사람들이 너무나 대단해 보였다. 하지만 나도 아이가 있었다면 그들처럼 끝까지 버텼을 것이다. 그리고 다른 환경과 비교해 그나마 육아와 일을 같이할 수 있는 여건이 되는 공무원을 그만둘 꿈을 꾸지도 않았을 것이다.

아이가 없어서 다른 길을 갈 수 있게 됐다. 아이가 왜 없냐는 질문에 곤란하기만 했는데 드디어 이런 날이 왔다. 아이가 없어서 기쁘다. 나를 보호해주는 조직과 고정 수입을 버리고 혼자 설 수 있을까 불안했지만 그 불안을 기꺼이 짊어질 수 있는 용기를 낼 수 있었다는 것만으로 만족스럽다. 아이 없이 사는 것도, 평생의 직장을 그만둔 것도 내 선택이 옳은지 아직은 모르겠다. 이 선택으로 삶이 어느 쪽으로 흘러갈지도 알 수 없다. 현재는 내일을 생각하지 않는 '오늘만 산다'라는 마음으로 지내고 있다.

하나의 꿈을 이루고 나니 새로운 꿈이 생겼다. 나만이 쓸 수 있는 글과 나만이 그릴 수 있는 그림을 그리며 정원이 있는 작은 집에서 살고 싶다. 흙을 만지고 꽃을 심으며 살고 싶다. 아침에 동이 트고 해가 지는 광경을 매일 바라보고 싶다. 그렇게 살기 위해서 어떻게 해야 하는지 정해진 방법은 없다. 그저 내가 할 수 있는 일은 꿈을 마음에 품고 단순하고 흔들리지 않는 하루를 살아가는 것뿐이다. ✤

매일매일 꽉 찬 나의 하루

다음 생에는 맹꽁이로

"우리도 아이 낳을까?"

길을 걷다가 아빠 손을 잡고 아기가 아장아장 걸음마 연습을 하는 걸 보며 남편에게 말을 꺼냈다. "자기 진심이야?"라며 물기 어린 눈으로 내 손을 꼭 잡는 남편의 모습에 내 마음도 감동으로 울렁거린다. "우리 아이라면 눈이 참 클 거 같아. 예쁘겠지?"라고 답한다. 둘 다 큰 눈을 끔벅거리면서 서로를 쳐다본다.

이렇게 훈훈한 장면이 연출돼야 하는데 "아이 낳을까?"라는 질문에 그는 아무런 대답이 없다. 엘런 L. 워커의《아이 없는 완전한 삶》(푸른숲, 2016)에 이런 문구가 나온다.

아이 낳는 문제를 고민하게 만드는 또 다른 요소로는 내 나이가 사십대 중반인 만큼 이때를 놓치면 영원히 부모가 될 수 없겠다 싶어 생기는 조바심을 들 수 있다. 임신할 수 있는 최적기가 지나고 있음을 알리는 생체시계 소리가 똑딱똑딱 들려오는 것이다. 대다수 사람들은 이런 째깍거림을 삼십대나 사십대에 느낀다.

이 생체시계가 나에게도 발현된 것인지 한동안 길에서 예쁜 아이만 보면 자꾸 이 말이 튀어나왔다. 처음에는 남편도 "무슨 소리야? 우리 아이 없이 살기로 했잖아" 하고 놀랐다. 농담이란 걸 알고 나서는 "자기, 우리에게는 이미 마음으로 낳은 고양이들이 있어"라고 응수했다. 내가 그 농담을 남발하자 나중에는 "있잖아, 우리 아이……"까지만 나와도 고개를 절레절레 흔드는 통에 아이를 낳자는 농담은 시들해졌다.

그 뒤를 이어 우리가 자주 했던 농담은 다음 생에 관한 것이다. 웹툰 〈죽음에 관하여〉에 한번 부부로 태어나면 다음 생에도 부부로 태어난다는 에피소드가 있었다. 그걸 보고 놀라서 "큰일 났어! 우리 다음에도 부부로 태어날지도 몰라!"라고 했더니 남편이 "어쩌지? 나는 다음 생은 맹꽁이로 태어날 건데?"라며 다시 만나야 하는 우리의 운명을 부정했다. 근데 어쩌나? 난 맹꽁이도 너무 귀여운걸.

"잘됐네! 맹꽁이가 그렇게 번식력이 좋다는데 다음 생에는 우리 둘 다 맹꽁이로 만나 원 없이 알을 낳아보자고!"

한동안 대화의 마무리는 맹꽁이 이야기로 끝맺었다. 그러다 우리나라에서 맹꽁이가 멸종위기야생생물로 지정되어 있다는 사실을 알게 됐다. 서식지가 많이 줄었기에 개체수도 줄어든 것이다. 다음 생에 맹꽁이로 태어나는 것 자체가 현실적으로 어려울 것 같았다. 하지만 농담을 그만둔 결정적인 계기는 맹꽁이의 생김새 때문이었다. 맹꽁이 사진을 본 남편이 화들짝 놀랐다.

"이게 뭐예요?"

"그게 맹꽁이야. 다음 세상 우리의 환생 모습!"

"맹꽁이가 이렇게 징그러운 거였어?"

"아니 뭐가 징그러워? 엄청 귀여운데."

"자기 나 사실……. 개구리도 징그러워서 못 만져."

그렇게 맹꽁이 농담의 시즌이 마감됐다.

새로운 농담이 필요하던 차에 내가 직장을 그만둔 후 남편이 던진 한마디가 불씨를 지폈다.

"자기는 꼭 성공할 거니까, 차는 자기가 돈을 벌어서 사면 되죠."

농담인지 그의 희망 사항인지 알 수 없는 말이었다. 처음에는 비웃었지만 자꾸 듣다 보니 세뇌를 당했다. 그림을 그리고 집에 늦게 들어온 어느 날 고양이 밥을 주고 있는 남편의 뒷모습을 향해 나도 모르게 이런 말을 외치는 자신을 발견했다.

"내가 성공해서 꼭 자기 호강시켜줄게!"

한참 잘 주고받던 이 농담도 요즘은 뜸해졌다. 농담을 던지고 웃으면서 돌아서는데 문득 지금까지 살면서 한 번도 성공에 대해 생각해본 적이 없다는 걸 깨달았다. 그를 호강시

농담이 현실이 될 걸 알았다면
사람으로 태어난다 그럴걸

켜주기 위해서 내가 무엇을 어떻게 해야 될지 전혀 감이 오지 않았다. 깨달음 아닌 깨달음 덕분에 농담 공백기가 생겼다. 우리의 농담은 계속돼야 하는데 조바심이 났다.

퇴근하고 집에 온 남편이 말했다.

"오늘 사무실 사람들이 왜 와이프와 결혼했냐고 물어보더라고."

"그래서 뭐라 했는데?"

"얼굴이 예뻐서 결혼했다고 했지."

말도 안 되는 소리를 하면 어떡하냐고 핀잔을 주고는 슬쩍 화장실에서 거울을 보고 웃었다. 우리의 새로운 농담이 다시 시작됐다. ✽

걱정이 휘몰아칠 때
생각하는 것

요 며칠 사이 나는 걱정에 빠져 있다. 두 사람이 벌다가 내가 직장을 그만두면서 한 사람분의 월급이 사라졌기에 아무리 소비를 줄인다 해도 돈이 모자라는 것은 당연하다. 적자가 나지 않도록 생활비와 용돈을 정해서 남편의 월급만으로 생활하고 있다. 항상 남은 돈이 얼마인지 계산해야 하고 돈을 쓸 때마다 고민해야 하는 불편함이 있지만 잘해왔다고 생각했는데 위기가 왔다.

여름이 되면서 자꾸 돈 쓰고 싶은 마음이 든다. 가을에 어울리는 오렌지색 립스틱도 갖고 싶고 블라우스도 하나 장만

하고 싶다. 두 개로 번갈아 입던 수영복도 하나 더 사고 싶고 백팩도 신상으로 갖고 싶다. 내 상황에서 그 모든 것을 사는 것은 사치니 다른 건 모르겠고 딱 20만 원만 아무 생각 없이 쓸 수 있는 돈이 생기면 좋겠다.

퇴직 후 팔 개월이 지나니 슬슬 모아둔 돈도 떨어지고 걱정이 슬금슬금 든다. 직장을 그만두기 일 년 전부터 미니멀 라이프에 관한 책도 많이 읽고 지출을 줄이는 연습도 했지만, 아무리 경제적인 욕심을 내려놓았다 해도 수도자의 삶을 살기 위해 직장을 그만둔 건 아니었다.

사실 그 물건들을 꼭 사야 할 필요는 없다. 그냥 돈을 쓰고 싶을 뿐이다. 내 오래된 버릇이기도 하다. 하지만 이유와 상관없이 단돈 20만 원의 여윳돈도 없는 스스로가 초라하게 느껴졌다.

'이래서 나중에 애들이 아플 때 동물병원에 갈 돈도 없으면 어떡하지?

평생 이 작은 집에서 살아야 하나?'

그놈의 오렌지색 립스틱이 뭔지 거기서 시작된 생각이 미래에 대한 걱정으로 커져버렸다.

돈 쓸 일은 많은데 설상가상으로 청소기가 고장 났다. 흡입력이 너무 약해서 쓸 때마다 이거 말고 최신 청소기가 갖고 싶다고 징징거리게 만든 8만 원짜리 고물 청소기였지만 새로운 것을 사려니 돈이 아까웠다. 남편에게 내가 어떻게든 고쳐서 써보겠다고 새 청소기는 사지 말라고 부탁했지만 남편은 그사이 청소기를 주문했다.

"청소기 얼마 주고 샀어?"

"응, 그거? 20만 원. 카드로 긁었어. 다음 달에 메꾸자."

"뭐? 20만 원?"

왜 하필 내가 그렇게 바라던 20만 원인지 속상한 마음에 "그 돈 차라리 날 주지" 하고 장난치다가 진짜 눈물이 찔끔 나왔다.

청소기 사건 다음 날 아침에 눈뜨고 나니 정신이 좀 들었다. 침대에 누워 내 걱정이 어디서 왔는지 찬찬히 거슬러 올라가봤다.

나는 그동안 돈은 고통의 대가로 얻는 것이라고 여겼다.

직장을 다니면서 괴로웠지만 다들 이렇게 힘들게 일하고 이렇게 일해야만 먹고살 수 있다고 내 자신을 설득하면서 버텼다. 직장을 그만둔 후 고통은 사라졌지만 걱정이 시작됐다.

'이제는 예전처럼 고통스럽지 않으니 나는 영원히 돈을 벌지 못할지도 몰라……'

당장은 돈을 벌지 못하는 것이 사실이다. 하지만 직장을 그만둘 때 나는 내 자신과 약속했다. 이 년 동안은 돈을 벌어야 하는 의무감을 갖지 않기로 했다. 귀한 시간이다. 이런 시간을 가질 수 있다는 것은 큰 축복이며 기회이다. 하지만 돈을 쓰고 싶은데 돈이 없다는 생각이 들자 내가 얻은 것들이 보이지 않았다.

고로가 배 위로 올라왔다.

"아휴, 무거워."

입으로는 그렇게 말하면서도 배 위에서 골골거리는 고로를 쓰다듬어주었다. 어릴 때부터 내 배 위에 올라와 자는 게 버릇이 된 고로는 지금도 배 위로 자주 올라온다. 7킬로그램이나 되는 묵직한 몸으로 내 배를 잘근잘근 밟으며 자리를 잡았다가 후다닥 내려가기를 반복한다. 고로 습관에 단련된 덕분에 배의 두꺼운 지방질 아래로 나는 복근 비슷한 것을 느낄 수 있게 됐다. 꽤 오랜 시간 동안 나는 고로가 배 위에 올라와서 행복해할 때마다 걱정했다.

'이러다 임신하면 어떡하지? 고로를 배 위로 못 올라오게 하면 고로가 많이 섭섭해할 텐데.'

지금 생각해보니 내가 했던 걱정 중 가장 쓸데없는 걱정이었다. 고로는 십이 년 동안 줄곧 아무 문제 없이 내 배를 독차지했다. 열심히 걱정한 것들은 대부분 현실이 되지 않는다. 걱정이라는 녀석은 꼭 인간의 뒤통수를 때린다. 지난날은 미래에 대한 불확실함과 걱정으로 시간을 낭비했지만 앞으로는 내가 믿고 싶은 것을 믿기로 했다. 걱정을 내려놓고 마음을 조금 더 편하게 먹기로 했다. 그럼에도 걱정이 휘몰아칠 때는 배 위의 고로를 생각해야지. ✽

그의 오른손

　부부 사이에 상대방의 단점은 운동화에 들어간 작은 돌조각처럼 아프게 밟혀서 주기적으로 털어내야 한다. 내가 쓰는 글이므로 나의 단점은 딱 한 가지만 쓰겠다. 삶에 대한 의욕이 넘치다가도 갑자기 끝없이 게을러진다는 것이다. 할 일이 많은데 코깜이를 끌어안고 한낮까지 침대에서 일어날 생각을 하지 않을 때 남편은 나를 털어댄다. 나의 단점은 이걸로 끝. 이제 그의 차례다.

　남편은 게임을 좋아한다. 밤 10시에 퇴근을 해서 이미 피곤함에 눈꺼풀이 반쯤 감긴 상태에서도 컴퓨터를 켠다. 몸을 생각해서 조금이라도 더 잤으면 좋겠는데 어떤 때는 밤 12시가 되도록 게임을 한다. 그가 피곤할까 걱정이 되어 11시가 넘으면 잔소리를 하게 된다. 처음에는 "이제 게임은 그만하고 자야지" 하고 부드럽게 어르다 12시가 가까워지면 "그만 자! 빨리 컴퓨터 끄라고!" 목소리가 커진다. 직장 생활을 하면서 그 정도는 스트레스를 풀 여유가 있어야 되지 않겠냐고 두둔하는 소리가 나올 것 같아서 더 준비했다. 운동하라고 해도 말을 안 듣는다. 황소고집이다. 집안일은 곧잘 하지만 먼저 할 생각은 하지 않는다.

새 신발 같이 폭신한 사랑 말고는 아무것도 없이 깨끗했던 우리 사이도 시간과 함께 신발 안으로 들어온 게으름과 무심함에 발바닥이 따가워졌다. 마구 털어내고 나면 잠시라도 자신에 대해 반성하게 되고 조심하게 된다. 별것도 아닌 이유로 많이 싸웠지만 그의 오른손이 문제가 되었던 적은 한 번도 없었다.

남편을 처음 봤을 때 외관상 가장 큰 특징은 짙은 갈매기 눈썹도 아니고 마른 체형도 아니었다. 그의 오른손이었다. 정

확히 말하면 그의 사라진 오른손과 그 자리를 대신하는 의수
였다. 손에 눈길을 보내는 행동이 실례가 될 것 같아서 의식
적으로 얼굴만 보려고 했는데 자꾸 시선이 그의 의수에 가닿
았다. 신체 일부가 절단되는 사고를 겪은 사람을 처음 보는
것도 아니었는데 인상에 남았다.

먼저 말을 해주면 좋으련만 입이 무거운 그는 손에 대해
아무 말이 없었다. 같이 밥을 먹을 때면 일회용 물수건으로
잠자코 의수를 닦기만 했다. 친해지고 나서 물어봤다. 어릴
적 오른손이 절단되는 사고가 있었다고 했다. 너무 어릴 때
여서인지 기억이 하나도 나지 않는다고 덧붙였다.

카페에 가면 무거운 도자기 잔과 접시가 올려진 쟁반은
내가 받아 온다. 장을 보면 서로 들기 편한 짐을 나눠 든다.
비가 오는 날이면 우산 때문에 행동이 자유롭지 못한 그에게
뭘 사오라고 부탁하지 않는다. 설거지는 내가 한다. 일상생활
에서의 몇 가지 규칙이 생겼다. 가끔 내가 까먹고 비 오는 날
에 뭔가를 사오라고 부탁했다가 "자기, 왜 그래? 지금 비 오
잖아" 하고 귀여운 항의를 듣는 것 말고는 우리의 결혼 생활

은 남들과 다를 바 없이 흘러간다.

아이가 없는 것과 마찬가지로 그의 오른손도 평소에는 나의 관심 밖 저 멀리 어딘가를 떠돌고 있다.

집 안의 불을 다 끄고 침대에 눕는다. 남편은 눕자마자 코를 골기 시작한다. 베개 위와 옆구리, 발밑에 자리 잡은 고양이들마저 모두 잠들고 사방이 어둡고 조용하다. 많은 문장과 이미지들이 머릿속에서 생겨났다 사라지기를 반복하는데도 잠이 오지 않는 밤이면 그의 손이 생각난다. 아주 작았을 그의 오른손, 지금은 세상에서 영영 사라진 그 손이 떠오른다.

'사고가 일어나지 않았다면 그는 어떤 사람이 되었을까? 지금과 많이 달라졌을까? 나를 만날 수 있었을까?'

무의미한 생각이란 걸 깨달을 즈음, 내 옆에 누운 그의 등이 희미하게 보인다. 균형이 맞지 않는 어깨가 가물거리면 그제야 잠이 든다. 밤이 지나 아침이 오고 그의 오른손이 다시 저 멀리 어딘가로 돌아간다.

우리는 오늘 또 싸웠다. 부부 사이에 박힌 돌조각들을 열심히 털어내고 새로운 약속을 했다. 게임은 적당히 하고 고

양이들과 놀아주기로 새끼손가락까지 걸었다. 약속대로 그는 정해진 시간에 컴퓨터를 껐다. 그리고 장난감을 꺼내 고양이와 놀아줬다. 그 모습이 기특하고 감동적이어서 열심히 놀아준 그의 등을 꼭 안아줬다.

싸우고 화해하고 약속하기를 반복하는 정신없는 날 속에서 한 가지 확실한 것이 있다. 그의 오른손은 단 한 번도 문제가 된 적이 없다. ✽

사랑의 증거

사랑은 이른 아침부터 시작된다. 방금 일어나 몽롱한 상태로 양치질을 하고 있으면 날렵한 기척이 느껴진다. 동동이가 욕조 위로 올라와 내 몸에 자신의 새털 같은 몸을 기대고 두 눈에 애정을 듬뿍 담아 나를 지그시 쳐다본다. 평소에도 동동이는 고양이보다는 사람에 가까운 느낌인데 나에게 살포시 기댄 자태나 눈빛이 영락없이 사랑에 빠진 소녀 같다.

호순이의 사랑은 생뚱맞고 과격하다. 다정하게 발가락을 핥아주다 확 물어버리거나 머리맡에 와서 머리털을 이빨로

쥐어뜯는다. 이게 사랑인지 공격인지 헷갈리지만 나는 사랑이라고 여기기로 했다. 다섯 마리 고양이 중 가장 멍하고 순한 진고는 큰 머리로 내 몸을 툭툭 들이받는다. 조준이 잘 안 맞아 허공에 박치기를 하는 적도 많다. 분명히 애정 표현인데 그 모습이 투박하고 어설퍼서 가끔은 짠한 느낌마저 든다.

　유별나게 사랑을 호소하는 녀석들도 있다. 코깜이는 까만 털에 하얀색 무늬가 군데군데 있는 데다 참기름 바른 것처럼 온몸에 윤이 나서 가끔 옆구리가 터져 밥알이 삐져나온 김밥 같이 보인다. 코깜이의 가장 중요한 하루 일과는 밥을 먹고 나서 안방 침대 위에 눕는 일인데 꼭 내가 옆에 있어야 한다. 내가 가지 않으면 침대 위로 올라가서 시끄럽게 울어댄다. 못 이기는 척 침대로 가면 몸을 이리 굴리고 저리 굴리면서 애교를 부리다가 내 겨드랑이와 오른팔 사이에 쏙 들어온다. 그러고는 내 얼굴에 자기 얼굴을 맞대고 고르릉거린다. 한참 얼굴을 부비다 보면 알레르기 때문에 턱이 간지럽거나 눈이 부풀어 오를 때도 있다. 터진 김밥 같은 코깜이의 사랑은 보기와는 다르게 아주 단단하고 빼곡하다.

고로의 마음은 호순이와 내게로 분산되어 있지만 코깜이 못지않게 나에 대한 사랑이 넘친다. 의자에 앉아 있으면 무릎 위로 올라와 침을 흘리며 다리가 저릴 때까지 앉아 있는다. 자려고 침대에 누우면 따라와서 배 위에서 골골거리다 내가 옆으로 가라고 손으로 밀면 옆에 앉아 나를 지그시 쳐다보는데 이런 시선은 사람에게서 받은 적이 없다. 그야말로 사랑이 흘러넘친다.

　열정적인 고양이 무리 너머로 갑자기 누가 손을 든다.

　"저기요. 저도 있어요."

　남편이다. 집에서 같이 영화를 보다가 뜬금없이 내 발을 쳐다보고는 짧게 한마디 던진다.

　"엄지발가락이 귀여워."

　그리고 다시 아무 일 없다는 듯이 영화를 본다. 아무리 봐도 숟가락처럼 짧고 둥근 내 엄지발가락이 예쁠 리가 없는데, 그런 내 엄지발가락으로 보고 귀엽다고 말해줄 때 그가 정말 나를 사랑한다는 걸 느꼈다.

　남편은 모든 일과를 마치고 집에 들어오면 다시 나가는

것을 무엇보다 싫어하는 사람이다. 그런 사람이 어느 날 한 밤중에 농담처럼 던진 말 한마디에 바로 옷을 챙겨 입고 밖으로 나섰다.

"머리가 너무 아파. 폴라포를 먹으면 꽉 막힌 글이 풀릴 것 같은데……."

잠시 후 폴라포를 내민 그 사람을 보고 알았다.

'이건 사랑이야. 진실한 사랑.'

우리 둘 다 자기 일은 각자 알아서 잘하자는 주의지만 가끔 남편은 목이 마르다고 한다. 거실과 부엌까지는 딱 세 발자국이다. 물 마시고 싶으면 스스로 따라 마시라고 잔소리를 하는 대신 '아! 이 사람 사랑받고 싶구나'라고 생각한다. '나도 널 얼마나 사랑하는지 보여주겠어'라며 컵에 물을 따라 가져다준다.

얼마 전에는 삶은 밤을 깎으면서 탄식했다. 밤을 깎아 먹는 건 세상에서 제일 귀찮은 일 중에 하나다. 그래서 보통 반으로 갈라 숟가락으로 퍼 먹는데 그런 식으로 남편에게 밤을 주면 한 손으로 먹지 못할 걸 깨닫고는 비장하게 칼을 들었

다. 이런 건 우리 엄마가 나와 동생을 위해 해주던 일인데 지금 내가 엄마처럼 삶은 밤을 깎고 있다. 비록 손이 아파서 몇 개 깎지 못했지만 정말 뿌듯했다. 내 사랑의 증거였다.

내 인생에도 간절히 사랑받고 싶었던 외로운 시간이 있었다. 마음과 마음이 마주 보는 일이 결코 쉽지 않다는 것을 안다. 그래서 고양이든 사람이든 저마다 각자의 방식으로 사랑을 표현하는 데 여념이 없는 지금이 좋다. '애걔, 이게 사랑이야?'라고 웃어도 좋다. 우리에게는 이게 진짜 사랑이다. ✽

오랫동안 받아온 질문

새로운 사람을 만났다. 고양이를 키운다고 한다. 눈이 동그래지고 목소리 톤이 높아진다. "정말요? 저도 고양이 키워요!" 반가움을 적극적으로 나타낸다. 서로 궁금한 것투성이다. 누가 먼저랄 것도 없이 질문을 주고받는다. 고양이가 몇 살이에요? 암컷이에요? 수컷이에요? 대화가 끝없이 이어진다. 그 사람과 취향이 딱 들어맞지 않더라도 하나의 공통점이 있는 것이다. 다음에 만났을 때 대화거리가 떨어져 어색해지면 언제든 고양이 이야기를 나누면서 어색함을 풀 수 있다. 마음이 맞으면 더 좋다. 서로 고양이 간식을 주고받고 고양이 사진을 보여준다. 이런저런 이야기 끝에 상대방이 기혼에 아이가 없다는 이야기를 들었다. 동공이 커지지만 나도 모르게 목소리 톤이 높아지지 않도록 주의한다.

"저도 결혼은 했지만 아이는 없어요."

또 다른 공통점을 발견했는데 이번에는 대화가 쉽게 이어지지 않는다. 왜 아이가 없는지, 아이 없는 지금의 생활이 어떤지, 궁금하지만 호기심을 감춘다. 조심스레 상대의 표정을 살핀다.

"무슨 과일 좋아하세요?"란 질문처럼 왜 아이가 없냐는 물음도 명확하고 단순하면 얼마나 좋을까. 저는 복숭아를 좋아해요. 연분홍으로 빛나는 영롱한 빛깔과 은은하게 입에서 맴도는 다디단 향이 좋아요. 대답하면서 깊게 생각할 것도 고민할 필요도 없다. "복숭아 말고 자두를 좋아해보는 건 어떨까요?"라고 권유받을 일도, 복숭아를 좋아하는 사람으로 낙인찍힐까 봐 두려워할 필요도 없다. "딸기가 나지 않는 여름이라 어쩔 수 없이 복숭아를 드시는 건 아닌가요?"라고 제멋대로 추측하는 이에게 동정받을 염려도 없다.

질문하는 것은 상대방에 대한 관심의 표현이라고 생각하기 때문에 작은 질문에도 성의 있게 대답하려고 노력하지만 왜 아이가 없냐는 물음에는 동공이 자꾸 허공을 향하고 미간에 주름이 생기면서 "아, 그게 음……" 하고 말문이 막힌다. 관심을 가져주는 건 고맙지만 그 관심을 어떤 과일을 좋아하느냐고 묻는 것으로 대신해줄 수는 없을까?

꽤 오랫동안 그런 질문을 받아왔기 때문에 "그게 말이죠. 앉아보세요. 아주 긴 이야기가 될 겁니다" 하고 말문을 여는 대신 간결한 답이 필요했다. 내가 선택한 답은 "아이가 잘 생기지 않네요"였다. 한때는 그 말이 사실이기도 했고 그렇게 이야기하면 대화의 주제가 곧바로 다른 것으로 넘어갈 것이라고 판단했다. 하지만 세상에는 그냥 넘어가지 못하는 친절한 사람들이 참 많았다. 어디가 아프냐, 남자가 문제냐 여자가 문제냐, 병원은 다녀봤냐, 당귀가 좋다더라, 쑥이 좋다더라, 한의원을 소개해주겠다……. 그 자상함에 끝이 없었다. 특히 직장에서 같이 일하는 자녀를 가진 선배들의 상냥하고도 따뜻한 마음을 너무나도 많이 받고 나니 당귀도 싫고 쑥도 싫고 한의원도 싫어졌다.

지금은 질문 공세에서 비껴났다. 양육이 장려되는 조직을 떠나 그림을 좋아하는 사람들과 같이 시간을 보내게 되니 왜 아이가 없냐는 질문을 거의 받지 않는다. 두세 번 묻는 사람이 있었지만 어쩌다 보니 아기가 생기지 않았고 앞으로 아이를 가질 생각이 없다고 말하고 나면 다시 묻지 않는다. 좋아하는 과일은 무엇이냐는 질문에 복숭아라고 답할 일은 없지만 대신 어떤 작가를 좋아하고 무슨 이야기를 그림으로 그리고 싶은지에 대해서는 질문을 받는다. 그런 질문에는 대답하는 것이 즐겁다.

왜 아이가 없냐는 질문은 동질감을 느낀다 하더라도 쉽게 할 수 없는 질문이다. 아이 없이 살게 되는 이유와 그것을 받아들이는 과정은 개인마다 다르기 때문이다. 그래서 나는 결혼을 했지만 아이가 없다는 당신의 말에 반갑다고 기뻐할 수가 없었다. 왜 아이가 없냐고 물어볼 수도 없었다.

"아이 없는 삶의 무거움과 가벼움을 아는 당신을 만나서

우리는 둘 다 아이가 없지만

나는 고양이를 키우며 복숭아를 좋아하고

당신은 개를 키우며 귤을 좋아한다는 사실이

더 중요해요

반가워요. 몇 마디 말로는 풀어낼 수 없는 시간을 지나 여기
에 도달한 우리의 삶 지금 그대로도 괜찮지 않나요?"

　　그때 참았던 속마음을 지금 여기 꺼내본다. ✿

하와이는 못 가도 상관없어

눈이 시릴 정도로 붉게 빛나던 장미가 날이 더워질수록 기운을 잃어가더니 마른 꽃잎을 길 위로 흩뿌린다. 꽃잎은 선명한 색을 잃고 바삭하다. 아직 용케 바닥에 떨어지지 않는 장미도 줄기에 매달린 채 빛을 잃는다. 장미의 계절이 끝나가고 있다. 생명력을 가득 품고 활짝 핀 장미를 보면서 기뻐했다면 시든 장미를 보면서 아쉬워하는 일도 피할 수 없다. 시든 장미를 보며 고양이를 생각했다.

고양이를 키우는 일은 쉽지 않다. 동물이라고 대충 사료와 물을 챙겨주는 일만으로 알아서 건강하게 지내는 건 아니다. 어떤 사료를 급여할 것인지 지금 주고 있는 사료가 괜찮은 품질의 것인지도 관심을 두고 찾아봐야 한다. 밥은 잘 먹는지 설사를 하지는 않는지, 고양이마다 따로 컨디션을 잘 챙겨줘야 한다. 물을 잘 안 먹는 고양이에게 최대한 물을 많이 먹일 수 있도록 집 구석구석에 깨끗한 물을 놓는 기지를 발휘해야 한다. 귀찮아도 화장실을 매일 청소해줘야 하고 질색하는 애들을 붙잡고 양치질을 해줘야 한다. 감정적으로 교류하는 일도 중요해서 놀아주고 만져주고 사랑한다고 말해줘야 한다. 고양이들이 이상한 것을 먹지 않는지, 부주의하게 놓인 물건으로 장난치다 다치지 않는지 정리 정돈에도 신경을 써야 한다.

무엇보다 고양이를 키우면서 가장 힘든 것은 결국 고양이의 죽음을 맞이할 수밖에 없다는 것이다. 특수한 경우를 제외하고 일반적으로 부모는 자식의 죽음을 미리부터 걱정하지는 않는다. 하지만 고양이를 돌보는 일은 내 두 눈으로 그들의 마지막을 지켜보고 두 손으로 생명이 사라진 그들의 육체를 정리하고 온 마음으로 사랑하는 존재를 잃은 슬픔을 담아내는 일까지 포함한다. 그래서 고양이의 죽음을 항상 염두에 두고 있다. 고양이를 다섯 마리나 키우고 있는 나는 앞으로 다섯 번의 이별을 겪어야 할 것이다. 언제 다가올지 모르는 끝을 상상하면 벌써부터 눈물이 날 것 같다. 십 년 넘게 같이 살았어도 그 시간이 짧기만 하다.

TV를 보고 있는데 하와이가 나왔다. 불쑥 남편에게 말을 꺼냈다.

"우리 나중에 고양이들 다 죽고 나면 하와이 여행 갈까?"

엄마에게 고양이를 부탁하고 2박 3일 정도의 여행은 다녀올 수 있지만 일주일 이상의 여행은 고양이의 안부가 걱정돼서 힘들다. 바다와 하늘이 아름다운 하와이, 이국적인 야자수가 많은 하와이, 깨끗한 공기와 솔솔 부는 바람이 기분 좋은 하와이, 파인애플이 맛있는 하와이, 사람들이 상냥하고 친절한 하와이에 가고 싶지만 지금은 갈 수가 없다. 천국 같은 섬 하와이라면 고양이를 잃은 슬픔을 위로할 수 있지 않을까? 나는 일어나지 않을 일을 상상하는 것은 자신 있지만 일어날 일을 상상하는 것에는 재주가 없다. 고양이 다섯 마리가 한 마리씩 떠나고 마지막 고양이마저 내 곁에서 사라지는 순간 겪게 될 고통이 구체적으로 떠오르지 않는다. 그저 많이 울고 엄청나게 슬프겠지. 어렴풋이 느껴지는 상실의 무게에 대항하기 위해 마련한 작은 위로의 선물이 바로 하와이인 것이다.

미래의 하와이 여행을 약속하고 침대에 누웠다. 아까 화면에서 본 하와이 풍경이 떠오른다. 가본 적은 없지만 야자수 사이 바다 너머로 지는 노을, 맑은 바람을 타고 전해지는 희미한 꽃향기가 생생하게 느껴진다. 잠이 쏟아지며 눈이 감기는데 순간 발끝에 고로의 따뜻한 등이 닿았다. 부드러운 털과 말랑거리는 등의 감촉에 아까 했던 약속이 무색하게 "죽을 때까지 하와이는 못 가도 상관없어"라고 중얼거렸다. 가벼운 털의 촉감만으로 하와이 여행이 아니라 그 무엇으로도 그 빈자리를 이겨낼 수 없을 거라는 것을 깨달았다.

인간과 고양이와 장미의 계절이 짧다는 걸 알게 된 후부터 나는 가끔 감사 기도를 드린다. 종교는 없지만 마음을 다

해서 기도한다. 일어나 옆에 자고 있는 남편의 얼굴을 확인하고 고양이 한 마리 한 마리의 이마를 쓰다듬는다. 그리고 양손을 모으고 눈을 감는다.

온 우주를 감싸고 계신 당신께
모든 생명을 품고 계신 당신께
사랑하는 사람과 진고, 고로, 호순이, 동동이와 코깜이
다섯 마리 고양이 함께
오늘 아침에도 눈을 뜨게 해주셔서 감사합니다.
제게 주어진 모든 것에 감사합니다.
오늘도 마음껏 사랑하겠습니다.
앞으로 다가올 이별을 두려워하지 않겠습니다.
선물처럼 갖게 된 만남과 이별에 모두 감사하겠습니다. ❁

2부

육아 대신 육묘

고양이 아빠 되기

　　여자와 남자는 가족이 되기로 했다. 사람의 뜻에 따라 여자의 고양이 넷과 남자의 고양이 하나도 가족이 되었다. 사람 둘과 고양이 다섯 모두 적응할 시간이 필요했지만 그중 가장 고생한 생명체를 꼽으라면 바로 남자, 즉 남편이다. 아기 고양이도 아니고 처음 만나는 성묘 네 마리를 가족으로 받아들일 용기를 아무나 낼 수 있는 건 아니다. 고양이를 좋아하는 사람이지만 한 마리를 키우는 일과 다섯 마리와 함께 사는 것은 차원이 다르다. 남편이 데리고 온 동동이는 사람의 손이 많이 가지 않는 고양이였다. 조용하고 독립적인 고양이 한 마리하고만 살았으니 남편은 나와 내 고양이들을 만나기 전까진 한가한 고양이 오빠에 지나지 않았다.

우리 집 고양이들로 말할 것 같으면 첫째는 오줌싸개고 둘째는 식탐 요정에 셋째는 까탈스럽고 넷째는 어리광쟁이다. 고양이 오빠가 고양이 아빠로 거듭나는 길은 멀고도 험난했다. 한 마리에서 다섯 마리로 늘어나니 신경 쓸 일이 훨

동동아, 이렇게 우리 둘이 사는 거 엄청 좋다.

씬 많아졌다. 밤에 고양이들이 번갈아 울어대니 잠을 설쳐서 남편의 얼굴이 며칠 새 까칠해졌다. 검은색 옷도 포기하게 됐다. 남편은 이제 나와 같은 처지가 된 것이다. 미안했지만 반가웠다. 애들의 식성이 다르다 보니 밥을 주는 것도 쉽지 않고 나름 신중하게 합사한다고 노력했는데도 매일 밤 고양이들 사이에서 싸움이 일어났다. 나와 남편도 서로 익숙해지는 중인데 거기다 고양이 다섯 마리까지 합쳐져 한마디로 매일이 난리법석이었다.

남편은 많이 피곤해하면서도 고양이 아빠가 되는 관문을 하나하나 묵묵히 통과했다. 나는 고양이를 이미 십 년 동안 키웠기 때문에 처음에는 고양이 반려 경력이 미천한 남편이 못 미더웠다. 고양이용품 주문 담당이 된 남편이 고양이 간식이나 물품을 새로 사면 괜찮은 제품이 맞느냐며 일일이 물어봤다. 남편이 고양이 밥 주는 방식도 간섭했다. 근데 이 남자 알고 보니 고양이 아빠로서의 자질이 훌륭했다.

자칭 고양이 전문가였지만 나는 사실 수면 문제조차 해결하지 못하고 있었다. 진고가 이불에 오줌을 싸는 까닭에 안

방을 고양이 금지 구역으로 만들었는데 밤마다 다른 애들이
안방에 들어가고 싶다고 울어대는 통에 수면 부족에 시달렸
다. 큰 소리로 우는 고양이를 혼낸다고 소리를 지르거나 빈

생수 통처럼 소리가 크고 가벼운 물건으로 겁을 주었더니, 그 모습을 보고 남편이 기겁했다.

"그렇게 한다고 고양이가 말을 들을 것 같아? 애들 성격만 버리지."

대신 모두 밖에 놔두기보다는 울음이 심한 아이들만 안방에서 재우자고 해결책을 제안했다. 호순이와 고로, 코깜이를 안방에 들였다. 어디서도 잠을 잘 자는 동동이는 진고와 함께 거실에서 자게 했다. 그랬더니 상황이 조금씩 나아졌다. 애들을 혼낼 일이 줄었다. 내 육묘 방식에 남편이 제동을 걸어줘서 지금은 그 어느 때보다 고양이와 함께하는 시간이 평화롭다. 자잘한 문제는 계속 일어나지만 예전보다 쉽게 해결하고 있다.

많은 시련을 이겨내고 '고양이

고양이 밥그릇 4개만 더 올려놓으면 되는 거 아냐?

아빠'라는 목표에 바짝 다가선 것을 알았는지 요즘 남편이 기고만장해 있다.

"자기는 고양이를 그렇게 오래 키웠는데도 고양이를 잘 몰라."

자꾸 건방진 얼굴로 나를 훈계한다. 고양이 전문가로서 자존심이 상했다. 그래서 고양이들의 저녁식사를 남편에게 맡겼다.

"그럼 오늘 저녁밥은 본인이 직접 주시죠."

밥을 열심히 준비하는 남편이 잘하고 있는지 구경하려다가 사은품으로 온 정체불명의 간식을 사료에 섞고 있는 모습을 목격했다. 그걸 본 순간, 남편의 어깨를 찰싹찰싹 때리고 말았다.

"이런 거 주면 장이 약한 진고가 설사한다고 내가 했어, 안 했어?"

오늘 아침만 해도 눈을 뜨자마자 고양이 한 마리 한 마리를 끌어안고 "잘 잤어?" 다정하게 인사하는 이 사람에게 '진정한 고양이 아빠'라는 타이틀을 달아줘야겠다고 생각했는데 '진정한'이라는 수식어는 빼야겠다.

　부족한 점은 있지만 고양이 다섯을 자상하게 품어준 당신을 '고양이 아빠'로 임명합니다. 우리 둘 모두 본인의 육묘 방식에 자만하지 않고 서로에게 참견합시다. 더 나은 고양이 엄마 아빠가 되기 위해 같이 노력합시다. ✿

고양이가 많아서 좋아!
하하하하— !!

망

나도 좋아

고양이 엄마 되기

어릴 때부터 동물을 좋아했다. 사람들은 각자 나름대로 동물을 대하는 방식이 있다. 나는 오랫동안 고양이와 지내면서 사람의 마음대로 동물을 통제하지 않는 것이 가장 바람직하다는 결론을 얻었다. 고양이는 내게 애정과 친밀감을 표시하지만 내가 기대하는 대로 행동해주지는 않는다.

"왜 내 마음을 몰라주니? 제발 말을 잘 듣는 얌전한 고양이가 되어줘."

작고 부드러운 하얀 앞발을 붙잡고 이야기해도 귀찮은 듯

발을 빼버린다. 고양이와 같이 살다 보면 결국 모든 것이 고양이의 마음이고 그게 당연하다. 가끔 애들 말썽에 화를 낸 적은 많아도 한 번도 녀석들을 미워해본 적은 없다. 다른 것은 몰라도 동물을 대하는 태도에 있어서는 나름 이해심이 많고 현명하다고 자부해왔다.

그랬던 내가 동동이를 만나고 고양이 반려 인생의 사춘기를 맞이했다. 남편은 동동이를 데리고 오면서 다른 애들에게 괴롭힘을 받을까 걱정했다. 그런데 동동이는 알고 보니 사람으로 태어났다면 라면만 먹고도 올림픽 금메달을 딸 것 같은 스타일이었다. 덩치는 제일 작고 말랐지만 눈빛만으로 다른 고양이들을 뒷걸음치게 만드는 깡다구가 있었다.

동동이는 다른 고양이들도 싫어했지만 나도 좋아하지 않았다. 눈빛에서 비호감이 느껴졌다. 잠깐 만지려고 하면 어찌나 매몰차게 앞발로 손을 찰싹 하고 쳐내는지 친해질 틈이 보이지 않았다. 혼자 남편의 사랑을 독점하면서 지내다가 그 관심과 애정을 낯선 사람과 다른 고양이들과 나눠야 했으니 동동이가 서운할 만도 하겠구나 싶었지만 일단 나에게 살갑

첫 만남

격렬한 싸움

극적인 화해

호순이하고는 정 안 되겠니?

게 굴지 않는 게 섭섭했다. 게다가 동동이보다 살집도 좋고 언니인 호순이를 자꾸 괴롭혀서 새벽마다 호순이 비명 소리가 집 안을 울려대니 점점 동동이가 미워졌다.

그러던 어느 날, 동동이가 내 머리통에 달려들었다. 분명 양치질이라던가, 발톱 깎기라던가 내가 뭔가 동동이가 싫어하는 행동을 했던 것이 분명하다. 내가 잘못했구나 싶었지만 너무 아팠다. 머리카락만 물고 잡아 땡기는 게 아니라 진짜 맹수가 사냥감을 물어뜯듯이 있는 힘껏 내 머리를 물어댔다. 갑자기 울분이 치솟았다.

"나는 사람이고 너는 고양이야. 그걸 왜 모르니!"

분노의 포효와 함께 한 마리 짐승이 되었다. 네발로 기면서 하악질도 고양이처럼 앙칼지게 해줬다. 그러고 나서 동동이의 머리통을 잡고 '앙~' 하고 물었다. 물론 힘 조절은 했지만 입 안에 동동이 털이 한 움큼 들어왔다. '이거 보통 인간이 아니구나'라는 듯 동동이의 눈빛이 흔들렸다. "퉤퉤!" 털을 뱉으며 나도 정신이 들었다. 지울 수 없는 고양이 반려 인생의 흑역사였다.

지금은 어떤 사이가 됐냐고? 화장실 변기에 앉아 있는데 하얀 발이 빼꼼 문 사이로 들어온다. 문이 열리고 동동이가 사뿐 내 무릎 위에 올라와 한참 골골거리고 내려간다. 낮에 집에서 작업 중이면 시도 때도 없이 놀자고 무릎을 톡톡 두드리고 도망간다. 내 관심을 원하는 모습에 가슴이 뭉클해진다. 마치 자신을 한참이나 아줌마라고 불렀던 남편의 아이가 어느 날 환하게 웃으면서 "엄마!"라고 처음 부를 때 새엄마의 기분이 바로 이런 것일까 싶었다.

고양이랑 똑같은 수준의 사람을 만나서 서로 물고 뜯는 봉변까지 당했지만 나에게 마음을 열어준 동동이가 고맙다. 인간은 동물을 자신보다 하등한 위치에 둔다. 하지만 동물과 같이 살다 보면 인간이 동물보다 특별하고 위대한 것이 맞는지 의심스러울 때가 많다.

"인간인 내가 없으면 고양이인 넌 살 수 없지" 신이라도 되는 것처럼 의기양양했던 내게, 내가 미워했던 단 한 마리의 고양이 동동이는 질문을 던졌다. "우리 중에 누가 더 관대하고 현명하지?" 나는 지금까지 그 물음에 대답하지 못하고 있다. ✿

내 이름은 동동이고
나는 고양이야

내 이름은 진고로호
나는 사람이야

내 인생은
딸기 없는 딸기 케이크

케이크 중 최고는 단연 딸기 케이크다. 부드러운 시트 사이마다 딸기 시럽과 생크림이 가득 들어 있고 하얀 크림이 매끈하게 표면을 감싸고 있다. 그 위에 빨갛고 투명하게 빛나는 커다란 딸기를 한가득 더한다. 크게 떠서 한입에 먹으면 딸기 케이크의 맛이 온전히 느껴진다. 빵은 부드럽고 딸기는 알알이 씹힌다. 풍부한 생크림의 달콤함과 딸기의 상큼함으로 저절로 입꼬리가 올라간다. 바닐라빈으로 만든 커스터드 크림이 살짝 들어가면 더 맛있다. 따뜻하고 쌉쌀한 홍차와 함께하면 잘 어울린다. 예전에는 아이 없는 내 인생을 큰 조각이 비어 있는 케이크에 비교했다. 그런데 요즘 다시 생각해보니 딸기 없는 딸기 케이크에 더 가까운 것 같다. 보석처럼 반짝이는 딸기가 없으니 밋밋하기 그지없다. 시트 사이에도 크림만 있을 뿐이다. 따로 장식 없이 거친 크림 자국으로 뒤덮인 심플한 케이크다. 케이크라고 불리지만 사실은 크림빵에 더 가까울지도 모른다.

평소 예능프로그램을 잘 챙겨보지 않는 편이다. 그런데 남편과 함께 살게 되면서 혼자서는 시청하지 않았을 프로그램을 많이 보게 된다. 그중에 하나가 〈한끼줍쇼〉이다. 숟가락을 들고 낯선 동네에서 같이 한 끼를 해줄 식구를 찾는 프로그램이 왜 인기가 좋은지 처음에는 이해하지 못했지만 다양한 삶의 모습을 접할 수 있어 요즘은 자주 본다. 혼자 사는 사람이나 부부 단둘이 나오는 에피소드도 재미있지만 뭐니 뭐니 해도 가장 신나고 흥미진진할 때는 부부와 아이가 같이 나오는 에피소드다. 식구가 많으면 많을수록 더 재밌다. 노부부의 집에 근처 사는 자손들이 모두 모여 대가족이 화면 가득 나올 때면 나도 모르게 평소에 잘 쓰지도 않는 단어를 연발한다.

"다복하다. 진짜 다복해."

옆에서 조용히 방송을 보고 있는 남편의 팔을 찔러가며 화면 너머 한 가족의 다복함을 극찬한다. 케이크로 치면 딸기 케이크 중에서도 몇 단으로 쌓아올린 크고 맛있는 케이크 같은 가족이다.

할머니는 뚝딱하고 냉장고에 있는 생선, 고기, 텃밭에서 따온 채소로 여러 식구가 먹을 상을 차린다. 아들의 집은 어디고 딸은 무슨 일을 하고 등등 가족 소개를 할 뿐인데 지루하지 않다. 방금 학원에 다녀온 손녀는 수줍어하고 아직 말이 어눌한 막내 손자는 자꾸 화면 가운데서 귀여운 포즈를 취한다. 이야기가 넘친다.

내가 보는 장면이 그 가족의 전부가 아니란 걸 알지만 그래도 딸기 케이크는 딸기 케이크다. 사실 방송에서만 아니라 주위를 봐도 그렇다. 아이가 있는 사람들이 모두 행복하고 잘 사는 건 아니지만 아이를 낳고 키우는 부부는 더 많이 경험하

고 더 다양한 이야기와 함께한다는 것을 부인할 수 없다.

그렇다고 해서 다른 사람의 딸기 케이크를 부러워하지만은 않는다. 나의 크림빵 같은 케이크를 사랑한다. 딸기 케이크보다 초라하지만 자세히 들여다보면 능숙하지 않은 솜씨로 바른 자국이 듬성듬성 있는 크림이 귀엽다. 상큼한 딸기는 없지만 부드럽다가도 퍽퍽한 빵의 질감이 재밌다. 크림은 풍부한 맛이 없는 대신 너무 달지 않아서 먹기 좋다.

딸기가 없다고 대충 먹지 않으려고 노력한다. 단순한 생김새를 감상하며 소중히 한입 한입 먹는다. 가끔 크림에 고양이털도 섞여 나온다. 털을 골라내며 먹는 재미가 아주 쏠쏠하다. 아메리카노의 쓴맛이 더해지면 나도 모르게 살짝 옆을 바라본다. 옆 사람 역시 딸기가 있는 딸기 케이크를 씁쓸하고 가끔은 떫기까지 한 차와 함께 먹고 있다. 맞다. 달기만 한 케이크만 계속 먹는 건 반칙이다. 모든 케이크에는 결국 간간이 쓴맛이 더해져야 비로소 맛의 균형이 이뤄진다.

가끔 다른 이들의 거대한 딸기 케이크를 보면서 맛을 상상하는 일이 즐겁지만 결국 내 입에 넣을 수 있는 것은 나의

케이크뿐이다. 오늘도 감사히 잘 먹겠습니다. 딸기 없는 나의

딸기 케이크. ✽

라훌라

　　인생의 각 단계마다 나름의 고통과 번민이 있다. 20대 초반, 취업 스트레스로 힘들었을 때 부처의 삶을 통해 어떻게 살아야 하는지 그 해답을 조금이라도 엿볼 수 있지 않을까 하는 마음에 카렌 암스트롱의 《스스로 깨어난 자 붓다》(푸른숲, 2003)를 읽게 됐다. 애석하게도 당시 내가 읽기에는 어려워 중간에 읽기를 포기했지만 아래 내용만큼은 두고두고 생각났다.

　　기원전 6세기 말의 어느 날 밤, 고타마 싯닷타라는 젊은 남자가 안락한 자기 집을 떠나 길을 나섰다. 그의 나이는 스물아홉이었다. 그의 아버지는 왕국의 지도자였으며, 고타마를 키우면서 그에게 필요하다고 여겨지는 모든 것을 제공했다. 고타마에게는 아내와 태어난 지 며칠 안 된 아들이 있었다. 그러나 고타마는 아이가 태어났을 때 아무런 기쁨을 느끼지 못했다. 그는 어린 아들을 라훌라, 즉 족쇄라고 불렀다. 이 아기가 그의 발목을 잡아 그가 혐오하게 된 삶의 방식에 그를 묶어둘 것이라고 믿었기 때문이다. 그는 넓게 트인 삶, 반짝이는 매끈한 조개처럼 완전하고 순수한 삶을 갈망했다.

일화에 대해서는 일부 학자들이 의문을 제기하기도 했다는 주가 달려 있었지만 '라훌라'라는 단어가 내 기억에 깊이 자리 잡는 것을 막지 못했다.

자식을 족쇄에 비유한다면 그것은 부모로 하여금 지극한 사랑과 끝없는 걱정을 동시에 느끼게 하는 이중적인 족쇄다. 부모로 하여금 삶의 고난을 묵묵히 이겨내게 하고 강하게 단련시키는 마법의 족쇄이다. 나는 아이가 없으니 그 대가로 자유롭고 홀가분하고 걱정 없는 삶을 살고 싶었다.

"이것 봐라, 무자식이 상팔자다. 내가 그 증거다. 하하하!"

사람들 앞에서 호탕하게 웃어 보이고 싶었으나 나에게는 작은 라홀라가 다섯이나 생겼다. 아이와 고양이를 키우는 수고를 비교하기는 어렵지만 고양이도 생명이라 그 품이 상당히 들어간다.

처음 고양이를 기를 때는 아파트 24층에서 살고 있었다. 베란다 밖의 풍광이 시원했지만 고양이가 혹시나 창밖으로 떨어지지 않을까 불안했다. 아니나 다를까 모험심이 넘치는 고로가 복도로 나가서 간신히 붙잡은 일이 생기면서 불안이 증폭됐다. 그 후, 7층으로 다시 3층으로 그리고 1층으로 이사 오면서 이젠 그런 걱정 할 일이 없어졌지만 나는 아직도 가끔 악몽을 꾼다. 현관문이 열리고 복도 너머로 파란 하늘이 펼쳐진다. 그 순간 고양이가 빠르게 달려가 하늘로 점프한다. 악몽을 꾸고 난 아침이면 외친다.

"나의 속박이요, 나의 업인 이놈의 고양이들."

쉴 새 없는 걱정 때문에 고양이를 사랑하는 일이 쉽지 않다.

고양이를 키우다 보면 아이를 잘 키우기 위해 현실에 최
선을 다하고 열심히 살아가는 부모의 마음도 어느 정도 가늠
이 된다. 고양이도 나에게 그런 존재였다. 비정규직으로 다니
던 직장의 계약기간이 끝나고 앞으로 무엇을 할지 고민하던
차에 공무원시험을 보기로 한 것도 고양이 때문이었다. 그때
막 고양이를 키우기 시작했던 터라 어떤 일이 있어도 고양이
를 끝까지 건사하기 위한 경제력이 필요했다. 내 인생에 그
렇게 목표 의식이 뚜렷했던 적은 없었다. 고양이를 먹여 살
려야 한다는 의지로 공부했다. 진고와 고로 두 마리 고양이
가 합격의 부적이었다.

고양이가 하나라도 없어졌을까 하루에도 여러 번 고양이
의 수를 센다. 진고는 의자 위, 고로는 고양이집 안에, 동동이
는 냉장고 위에, 호순이는 원형 스크래치 안에 있는데 다섯
번째 고양이는 어디 있을까? 아까 택배를 받을 때 현관 사이
로 빠져나갔나? 서랍장에 몰래 들어갔다 못 나온 건가? 작은
방에 갇혔나? 집 안 여기저기를 뒤져봐도 찾을 수 없으면 식
은땀이 난다. 한참을 찾다 보니 막내 코깜이는 그 작은 몸을

안방 침대 이불 사이에 숨기고 있었다.

　"하나, 둘, 셋, 넷, 다섯."

　이제 모두 다 찾았다. 이 작은 것들 때문에 넓게 트인 삶으로 가는 길은 까마득하고 현실에 단단히 묶였지만 나의 귀여운 털북숭이들, 나의 작은 라홀라여, 부디 오래오래 나를 속박해주렴. ✿

귀여워 병

나에게는 몹쓸 병이 있다. 귀여운 것을 보면 꼭 입 밖으로 "귀여워"라고 내뱉어야 직성이 풀리는 병이다. 주말 오후 4~5시쯤에 나와 함께 호수공원을 산책하는 사람은 귀가 아주 무딘 사람이어야만 한다. 그 시간이면 공원에 개와 산책하는 사람들로 넘쳐나는데 온갖 종류의 개들이 거닌다. 안 예쁜 개가 없다. 귀가 펄럭이는 발바리도 커다란 진돗개도 요즘 많이 보이는 갈색 푸들도 크기가 크든 작든 믹스견이든 종이 있든 멀리서 바라보는 것만으로도 마음이 벅차오른다. 주말을 같이 보내는 사람은 주로 남편이므로 그는 어쩔 수 없이 '귀여워 공격'을 온전히 받아야만 한다. 반짝이는 눈망울과 환희에 찬 목소리가 개와 견주에게 부담이 되지 않도록 될 수 있으면 작은 소리로 환호해야 하는 게 그에게는 불행 중 다행이랄까.

"저 개 너무 귀여워, 딱 내 스타일이야."

이 말을 무한 반복하며 호수 주위를 한 바퀴 걷는다. 남편은 묵묵히 듣다가 마지막에 한마디를 던진다.

"자기가 안 좋아하는 개도 있어?"

한순간의 선택이 우리의 나머지 인생을 결정할 수 있다는 것이 내 삶에서는 개와 고양이로 증명됐구나 싶었다. 개와 고양이를 둘 다 좋아했다. 반려동물을 키울 수 있는 여건이 됐을 때 어느 동물과 함께 살 것인지 결정해야 했다. 나는 고양이를 선택했고 십이 년이 쏜살같이 흘렀다. 그 후 내 인생은 고양이의 모양으로 변했지만 그렇다고 개에 대한 애정이 줄어든 것은 아니었다. 호수를 빠른 걸음으로 돌아 지쳐 있는 상태에서도 개가 보이면 갑자기 아드레날린이 솟구치며 걸음이 빨라진다.

"어서 가까이 가서 저 개를 봐야겠어!"

이렇게 개를 사랑하는데 주위에 개를 키우는 사람들이 없어서 그동안 남의 개를 눈에 담기만 했다. 개냐 고양이냐 선택의 순간에 딱 한 번 고양이라고 외쳤을 뿐인데 내 인생은 개와 영영 멀어졌다.

그런데 얼마 전에 잠시나마 나의 소원이 이뤄졌다. 제주도까지 가서 지인의 개를 만난 것이다. 커다랗고 하얀 개의 이름은 로희였다. 처음 만났지만 나를 좋아해줘서 나는 개를 쓰다듬고 안아볼 수 있었다. 끊임없이 경중경중 뛰어다니다 이름을 부르면 달려와서 축축한 코를 내 손에 갖다 댔다. 줄을 잡고 함께 걸어볼 수도 있었다.

'개와 함께 걷는 기분이 이런 거구나.'

차를 타고 숙소로 돌아가는 내내 로희를 끌어안았던 흥분으로 기분은 좋았지만 조금 피곤했다. 개는 부드럽고 흐물거리는 고양이와는 너무나 다른 존재였다. 어딘가 다른 세계를 바라보고 있는 고양이의 눈과는 달랐다. 내가 자꾸 뭔가

를 해줘야 할 것 같은 눈빛이었다. 고양이는 같은 공간에 있으면서도 서로 다른 시간을 보내는 것이 가능한데 개는 계속 신경이 쓰였다.

십이 년 동안 고양이랑 살았더니 고양이에게 익숙한 사람이 되어버렸다. 하지만 뭐 어때? 언젠가 개와 고양이를 함께 키울 수 있는 날이 올지도 모른다. 그때가 되면 내 삶의 반은 고양이의 모습으로, 반은 개의 모습으로 또 달라지겠지. 나의 개가 아니더라도 나는 개가 정말로 좋다. ❋

그대라서 좋다

이틀 동안 꼬박 침대에 누워 있었다. 계속 아파서 누워 있다 보니 심한 아픔이 가신 후에도 머리가 어지러워 일어날 수가 없다. 가끔 겪어 잘 아는 일이다. 처음에는 몸이 말을 안 듣지만 나중에는 마음이 말을 안 듣는다. 소중한 시간을 누워서 허비하고 나면 밀린 글과 그림 생각에 기분이 나빠진다. 금방 지나갈 아픔이었는데 이겨내지 못한 스스로에게도 화가 난다. '이틀 공쳤다'에서 끝나는 게 아니라 생각이 꼬리에 꼬리를 물어 내 미래 전체가 흔들리는 것 같다. 글과 그림만으로 돈을 벌겠다는 목표로 직장을 그만둔

지 벌써 수개월, 줄어드는 통장 잔고만큼 단호함과 확신도 줄어든다. 오랜만에 잠이 오지 않았다. 팔이 아플 때까지 스마트폰을 들고 누워 있다가 결국은 벌떡 일어났다. 새벽 2시에 고양이를 몰고 거실로 나가서 바닥에 누웠다가 3시가 돼서야 지쳐 잠이 들었다.

시끌시끌한 소리에 잠이 깼다.

"애들아, 밥 먹자. 호순아, 물지 마. 코깜아, 어젯밤에 왜 그렇게 울었어?"

남편이 목소리를 한껏 높이고 고양이들에게 아양을 떨고 있다. 사료를 그릇에 담는 소리가 나는 것까지 들었다. 그사이에 잠이 또 들었는지 정신을 차려보니 밥을 다 먹은 고양이들이 안방으로 밀려들었다.

"가서 엄마 깨워!"

남편이 소리친다. 호순이는 내 머리맡에 와서 머리카락을 물어뜯고, 고로는 내 배 위에 앞발을 올려놓은 채 울고, 코깜이는 배가 불렀는지 얌전히 발밑에 누웠다.

배고프다는 남편의 말에 일어나서 거실로 나갔다. 화장실에서 양치하는데 남편이 뜬금없이 아침부터 진고에 대한 애정을 고백했다.

"있잖아, 진고 말이야. 고양이는 겉으로 봐서는 모르는 거 같아. 처음에 진고랑 고로 봤을 때 고로는 평범하게 생겨서 별생각이 안 들었거든. 근데 진고는 가뜩이나 하얘가지고 눈은 동그랗고 겁에 질려서 진고랑은 친해지지 못할 것 같다고 생각했어. 실제로 같이 살아보니 진고가 너무 귀여워. 진고랑 이제 많이 친해졌어."

양치를 마치고 거실로 나오니 이번에는 코깜이에 대한 이야기를 시작했다.

"어제 코깜이가 밤에 엄청 우는 거야. 그래서 일어나서 가봤더니 만져달라고 발랑거리더라고. 그래서 한참 만져줬더니 막 신나서 방묘문을 타서 오르더라고."

이 남자의 수다는 끝이 없다.

매일 보는 고양이, 매일 일어나는 일을 천일야화라도 되는 양 말하는 남편에게 질 수 없지. 나도 입을 열었다. 소소한 이야기 배틀이 벌어졌다. 별거 아닌 일을 실컷 이야기하다 보

니 어젯밤 나를 괴롭혔던 스스로에 대한 실망과 미래에 대한 두려움이 더 별거 아닌 걸로 느껴졌다. 이 사람과 같이 사는 이유를 이제야 알았다. 아무것도 아닌 일을 같이 나눌 수 있기 때문이다. 길을 가다 산책하는 강아지만 봐도 제자리에 멈춰서 한참을 바라보는 나를 성가셔하지 않기 때문이다. 사람들은 더럽다고 질색하는 비둘기를 보고 귀엽다고 해도 핀잔주지 않는 사람이기 때문이다. 시시콜콜한 이야기를 나누다 동시에 웃음을 터트릴 수 있는 사람이라 그가 좋다.

혼자서도 멋있고 당차게 잘 사는 사람들도 많지만 나는 그렇지 못하다. 작은 것에도 감동받고 흔들리고 희망과 불안이 끝없이 왔다 사라진다. 같이 이야기하고 기대고 안아줄 사람이 필요하다. 그런 상대가 바로 당신이라는 게 고맙다. 작은 나무에 소박한 둥지를 튼 작은 새 한쌍처럼 별거 아닌 일을 상대방의 귓가에 지저귀기 위해 우리는 만났다. 가끔 강한 바람에 애써 지은 둥지가 날아가버릴까 걱정하기도 하지만 그럴수록 부리를 다정하게 부딪치며 재잘거린다. ✽

조카의 돌잔치

　　조카가 돌을 맞았다. 가까운 친척들만 초대
하는 작은 돌잔치가 열렸다. 돌잔치는 9월 첫째 주 주말로 잡
혀 있었다. 돌잔치 날짜와 시간을 까먹을래야 까먹을 수 없
었다. 엄마가 통화를 할 때마다 조카의 돌잔치가 언제 어디
서 열린다고 매번 이야기했기 때문이다. 그렇게 자주 얘기할
때 짐작했어야 했는데 돌잔치 당일 막내 이모가 온다는 이야
기를 들었을 때도 아무 생각이 없었다. 남편과 편한 옷차림
으로 지하철을 타고 돌잔치 장소에 도착했다. 엄마는 평소에
보지 못한 예쁜 원피스를 입고 있었고 아빠는 깔끔하게 이발

을 했다. 막내 이모뿐만 아니라 멀리 사는 큰 이모 부부, 외삼촌 가족, 사촌 동생 부부까지 왔다. 이것이 잔치라는 걸 왜 깨닫지 못했을까. 변명을 하자면 최근에는 돌잔치를 가족끼리만 조촐하게 치르는 집이 많아 오랫동안 돌잔치에 갈 일이 없었다. 그사이에 무뎌진 내 감각이 원망스러웠다.

작은 방에 돌상이 차려졌다. 남동생은 양복을 입고 올케와 조카는 하얀 원피스를 입었다. 중간중간 내 옷을 바라보며 어딘가에 처박혀 있을 블라우스라도 다려 입고 나올 걸 잠깐 후회하긴 했지만 다행히 시간은 잘 흘러갔다. 신중하게 음식을 골라 접시에 담아와 맛을 보면서 친척들과 안부를 주고받았다. 손님들의 박수 소리에 맞춰 남동생 부부와 조카가 같이 입장하는 것으로 돌잔치의 하이라이트 돌잡이가 시작됐다. 부모에게 먼저 아이가 어떤 물건을 잡기 원하냐고 물어본 후 부모가 원하는 물건을 아이가 잡기 편하게 배치했다. 조카는 조그만 손으로 청진기를 집어 바닥으로 냅다 던졌다. 사람들 사이에서 웃음이 터졌다. 손에 잡히는 대로 아무거나 집어 줄줄이 바닥으로 던지고 나서야 아빠가 원했던 마이크를 집어 들었다. 남동생과 올케가 손님들에게 첫아이의 돌을 맞은 소감과 감사의 인사를 했다.

돌은 아이가 맞았지만 진짜 주인공은 부부였다. 돌상 앞에 아이를 안고 서 있는 두 사람의 모습이 단단하게 빛났다. 그들은 부모다. 구석자리에 나란히 앉아 있는 평범한 옷차림의 우리 부부의 모습과는 대조됐다. 우리가 저 자리에 설 일은 없겠지. 부모가 되지 못한 부부는 주인공이 될 수 없다. 하지만 우리의 결핍이 슬프지 않았다.

솔직히 말하면 나는 아직 조카와 친해지고 있는 중이다. 자주 만나지 못한 이유도 있고 고양이와 있는 게 익숙해 사람 아이를 대하는 요령을 잘 모르는 까닭도 있다. 작은 것이 오물조물하는 모습이 귀엽고 가끔 볼 때마다 쑥쑥 자라는 모양이 신기하지만 아직 정이 들 시간이 필요했다. 돌잡이를 보는데 오늘에서야 '내 조카가 벌써 돌을 맞았구나. 나도 조카가 있구나'라는 실감이 들었다.

내 입장에서는 아이 없이 사는 일이 특별할 게 없지만 부모님을 생각하면 다르다. 미안한 일이 돼버린다. 손자가 생겼

호순이
돌잔치

호순이를 사랑해주신
여러분과 함께
호순이의 첫 생일을
기념하고 싶습니다

다고 좋아하는 내 부모님 또래의 사람들을 볼 때마다 부모님의 큰 기쁨을 빼앗은 것 같아 죄책감이 들었다. 다행히 부모님은 아이를 꼭 낳아야 한다고 강권하지 않았다. 그동안 겉으로 표현하지 않았지만 부모님이 속상하지 않을까 염려했다. 조카가 세상에 태어나 부모님에게는 드디어 손녀가 생겼고 부모님께 더 이상 죄송스러워하지 않아도 된다는 해방감을 느꼈다. 조카가 고마웠다.

조카를 귀여워하는 내 모습을 보고 친척 한 분이 조카를 보니 아이를 낳고 싶지 않냐고 물었다. 그동안 아이에 대한 질문을 받으면 얼버무리면서 넘어갔는데 알게 모르게 느꼈던 죄책감이 사라진 탓인지 당황하지 않았다. "저 예전부터 아이보다 동물을 더 좋아한 거 아시잖아요. 조카가 예쁘긴 한데 그렇다고 제 아이를 낳고 싶다는 생각이 들지는 않아요"라고 속마음을 자연스럽게 말했다. 남동생 부부는 성숙해질 것이다. 한 생명을 책임지고 어른으로 키워내는 경험을 통해 아이와 함께 성장하겠지.

비록 아이를 키우는 경험을 할 수는 없지만 우리 부부도

조카가 자라는 동안 제자리에 머물고 싶지 않다. 더 솔직하
고 따뜻한 사람이 되고 싶다. 좋은 사람이 되고 싶다. ✿

고양이의 할머니가
되어줘서 고마워

아빠가 유모차를 가지고 왔다. 누군가 한 번 사용한 것을 조카가 물려받았다가 쓰임이 다한 물건이었다. 고양이를 케이지에 넣고 남편과 내가 낑낑거리며 동물병원에 다녀온 일이 웃겨서 엄마에게 이야기했더니 아빠를 통해 안 쓰는 유모차를 보내온 것이다.

"팔 아프게 고생하지 말고 꼭 이 유모차에 케이지 넣어서 병원에 다녀라."

아빠는 직접 유모차를 펴서 케이지를 유모차 안에 넣어 보이며 말했다. 그런데 유모차를 보니 차마 밖에 가지고 나갈 용기가 나지 않는다. 거대한 유모차 안에 아기 대신 덩그러니 있는 케이지의 모양새도 웃기고 반려동물 전용 유모차를 살 예정이라 사양하려 했다. 그런데 아빠가 너무나 열심히 유모차를 접었다 폈다 해서 일단 써보겠다고 대답했다.

부모님과 따로 산 지 십 년이 훌쩍 넘었지만 정신적으로 부모님에게 독립했다고 말할 수 있는 시점은 불과 사오 년밖에 되지 않았다. 어릴 때부터 내가 하고 싶은 건 알아서 해왔기에 부모 자식 간의 관계에는 전혀 문제가 없다고 생각했다. 그런데 웬걸, 오히려 나이가 들어 아직도 부모의 그늘에서 벗어나지 못했다는 걸 깨달았다. 내가 하는 선택이 부모님의 삶의 방향과 달라지고 그런 선택을 한 후에는 언제나 마음이 무거워졌기 때문이다. 내 또래의 자녀를 가진 부모들이 대부분 그랬듯이 우리 부모님도 없는 살림에서 시작해서 자식을 먹여 살리기 위해 평생을 성실하게 살아오셨다.

'나도 부모님처럼 열심히 일하며 결혼해서 아이를 낳고 조금씩 돈을 모아 집을 넓혀나가면서 살아야 하는데 왜 나는

자꾸 다르게 살고 싶을까?'

무의식중에 부모님의 모습과 나를 비교하며 스트레스를 받았다.

부모님에게 부끄러운 딸이 되면 안 된다는 강박관념을 버리려고 애썼다. 일 년 정도는 부모와 최대한 거리를 두면서까지 온전히 내 힘으로 인생의 중요한 문제를 해결하고 싶었다. 진짜 독립을 위한 나름의 투쟁이었다. 나도 힘들고 부모님도 상처받으셨지만 그 힘든 과정을 거쳤기에 우리는 지금처럼 가깝게 지낼 수 있다. 그렇지 않았다면 삶에 대한 후회가 들 때마다 부모님 때문에 내가 원하는 선택을 하지 못해서 이렇게 된 거라고 원망했을지도 모른다. 우리는 친밀하게 지내지만 내 삶은 내 것이고 부모님의 삶은 그들의 것이라는 걸 안다. 자주 보고 서로 도움을 주고받지만 각자의 방식으로 살아간다. 지금 부모님과 유지하는 딱 이만큼의 거리가 좋다.

처음에는 아이 대신 고양이를 키우는 것 자체도 문제가 됐다. 엄마 아빠 입장에서는 이런 날벼락이 없다. 귀여운 손주를 기대했는데 고양이를 데리고 와서는 매일 예쁘다고 얼굴을 부비고 있으니 말이다. 게다가 설상가상으로 고양이가 자꾸 늘어난다. 문을 열고 들어가면 이게 고양이집인지 사람 집인지 알 수가 없다. 털은 날리고 모래가 자꾸 밟힌다.

내가 부모님처럼 살아야 한다는 부담감을 버리고 부모님이 나에 대한 기대를 포기하는 동안 고양이들도 천덕꾸러기 딱지를 떼고 '내 딸의 고양이'가 됐다. 손주만큼은 아니지만 손주 같은 위치에 올랐다. 생일선물을 사준다거나 사진을 찍어 프로필 사진에 올린다거나 하지는 않지만 이름을 외우고 쓰다듬고 안부를 묻는다. 일 년에 두세 번 여행을 가면 대신 돌봐준다. 그사이에 엄마는 고양이 박사가 다 됐다. 처음에는 고양이를 엄마에게 맡기는 게 불안했다. 그런데 지금은 사료 급여와 화장실 청소는 물론이고 애들 궁디팡팡까지 척척이다. 집에 오면 "할머니 왔어요" 하면서 애들 이름을 부른다. 이 정도면 정말 고양이 할머니, 고양이 할아버지가 따로 없다.

아직도 내가 부모님에게 주는 도움보다 부모님이 나에게 주는 도움이 더 많다. 부모님이 주는 사소한 도움들은 절대

마다하지 않는다. 예전에는 도움을 받을 때마다 죄책감이 들었는데 이제는 마음이 가볍다. 마흔이 코앞이지만 아직도 어리광을 부릴 수 있다는 것이 큰 복이라는 걸 알게 됐다.

"애들 유모차에 태우고 병원은 다녀왔니?"

엄마가 전화로 궁금해한다. 동물병원은 한참 있다가 갈 거라고 대신 거실에 펼쳐놓은 유모차에서 고양이들이 낮잠을 잔다고 말하자 엄마가 웃는다. 그 웃음소리가 오늘따라 더 고맙다. ✿

친구들의 길

　　친구와 함께 을지로에 있는 통번역 학원을 다녔던 적이 있다. 대학 졸업이 얼마 남지 않았던 때였는데 영어로 취업을 하려고 학원을 다닌 것은 아니었다. 대학원에 진학하려는 생각도 없었다. 그저 친구와 함께 공부하는 것이 재밌었다. 나란히 앉아 수업을 듣고 점심시간에는 김밥을 같이 먹었다. 자습을 한다고 빈 강의실에서 영어 단어를 외우다가 선생님이 너무 멋있지 않냐며 한참 수다를 떨었다.

　지금까지 그랬던 것처럼 매일 이런 날이 계속될 줄 알았다. 어느 날 친구와 점심을 먹으러 계단을 내려가다 문득 이런 생각이 들었다. 미래에 대한 걱정 없이 친구와 매일 뭔가를 할 수 있는 시간도 얼마 남지 않았구나. 그 전까지는 의식하지 못했던 내가 어찌할 수 없는 인생의 흐름이 있다는 것을 깨달았다. 시간은 곧 우리를 서로 다른 곳으로 데려가겠구나. 예감대로 우리의 하루는 곧 달라졌다.

졸업하고 친구들과 일상을 함께할 수 없게 되었지만 취업과 결혼 후에도 친구들과의 만남은 정기적으로 이어졌다. 만날 때마다 느꼈지만 학교를 같이 다닌 추억이 아직 생생했다. 그리고 사회의 쓴맛을 맛보고 미혼에서 기혼으로 넘어가는 혼란스러운 시기였기 때문에 친구들이 필요했다. 큰 변화를 가져온 것은 친구들의 임신과 출산이었다. 신기하고 기쁜 일이지만 아이가 생기면서 나의 하루와 그들의 하루는 다시 한번 달라졌다.

그중에서도 결혼을 했지만 고양이를 키우며 아이 낳을 생각이 없는 두 명의 친구가 있었다. 그런데 그 둘마저 모두 계획에 없었던 아이를 가졌을 때 묘한 기분이 들었다. 인생은 혼자 떠안아야 할 일투성이지만 주위에 나와 비슷한 사람들이 있다는 것 자체만으로 마음이 든든했다. 셋이 손가락 걸고 아이 없이 살자고 약속한 적은 없었지만 알게 모르게 그 친구들이 있어 혼자가 아니라는 안도감을 느꼈던 것이다. 친구들이 모두 엄마가 됐을 때 방구석에서 혼자 누워 '이 배신자들 나를 버리고 가다니! 이 풍진세상에서 나 혼자 어이할꼬!' 하고 울부짖은 건 아니었다. 그들의 새로운 인생을 진심으로 축하했다. 하지만 옷에 은근하게 밴 찌개 냄새처럼 정체 모를 감정이 가끔 불어오는 바람결에 존재를 드러냈다. 그것은 소외감이었다. 그것을 깨닫고 내 자신을 다독였다.

'그럴 수 있어. 친구들과 나란히 오래오래 걷고 싶었는데 그러지 못했구나. 길 위에 남겨진 기분이 들었구나.'

서로의 하루가 달라졌다고 더 이상 친구가 아닌 것은 아니다. 이 시기를 통해 인간관계가 정리됐다. 멀리 있더라도 다른 방식으로 살아가더라도 내가 겪지 못하는 상대방의 기쁨과 고민을 이해하려고 노력하는 사이만이 진짜 친구로 남았다. 육아에 대한 이야기가 나오면 그게 뭐냐고 묻기 바쁜 나라서 친구들에게 도움이 되지 못하지만 그래도 나는 열심히 듣는다. 한참 아이 키우기에 대한 대화를 마치고 한 친구가 미안한 듯이 내게 말했다.

"자꾸 아이 이야기만 해서 재미없지?"

"아니야."

어깨너머로 배우는 육아의 세계는 아주 흥미진진하다. 때때로 나도 친구들에게 고양이 이야기를 한다. 아이를 키우는 그들의 마음을 헤아리기 위해서는 나의 상상력만으로는 모자란다. 고양이가 육아의 고충을 짐작하게 해주는 기준이 되어준다. "애가 밥을 안 먹으면 너무 속상해"라는 말에는 "맞아. 나도 우리 집 고양이가 밥을 안 먹으면 막 걱정되고 화가 나"라고 맞장구를 칠 수 있다. "요즘 화장실 가는 것도 힘들어. 아이가 자꾸 화장실에 같이 들어오려고 해"라고 한다면 "나도 아예 문 열고 화장실 쓰고 있어. 고양이들이 자꾸 밖에서 울어서"라고 대답할 수 있다. 자신의 아이와 고양이를 비교하면 화를 낼 사람도 있겠지만 용케 나를 이해해주는 친구들이 고맙다.

나는 엄마가 된 그들이 어떤 삶을 살고 있는지 어떤 생각

다른 길을 가더라도 항상 응원할게

을 하고 있는지 알고 싶다. 아이가 있어 기쁘겠구나. 힘들겠구나. 내가 할 수 있는 한에서 최대한 공감해주고 위로해주고 싶다. 친구들도 자신들과 다른 고민을 하는 나의 이야기에 진심으로 귀를 기울여준다. 옷에 밴 찌개 냄새는 희미해졌다. 인생에서 가장 바쁜 시간을 보내고 있어서 매일을 함께할 수는 없지만 시간이 흐르면 갈라진 길은 다시 가까워지기도 하나의 길로 만나기도 한다. 그때까지 이따금 전하는 안부, 뜨문뜨문 마주하는 반가운 얼굴만으로도 각자의 자리에서 씩씩하게 걸을 수 있는 힘이 되기를. ✿

엉뚱한 상상

어느 가까운 미래, 인간의 좋은 친구이자 가족이었던 개와 고양이의 개체수는 급감한다. 정확히 어떤 이유인지는 밝히지 못했지만 번식률이 현저하게 떨어진다. 희귀해진 개와 고양이를 아무나 키울 수 없는 세상이다. 게다가 인간의 의식이 높아져 더 이상 동물을 물건으로 취급하지 못한다. 반려동물을 키우기 위한 시험이 있고 총 4번의 관문을 통과해야 한다. 예를 들어 고양이를 키우고 싶은 사람들은 1차 시험에서 고양이의 생태와 습성에 관한 필기시험을 치른다. 시험에 응시할 때 자동으로 신원 조회가 되어 예전에

동물을 유기 또는 학대한 전력이 있는 사람들은 시험에 응모할 수 없다. 1차에서 합격한 사람들은 2차로 인성 시험을 보게 된다. 이 시험은 대상자의 자비심, 책임감, 인내심, 동물에 대한 감수성 등을 까다롭게 검증하여 일정 수준 이상의 사람들을 선별한다. 3차는 동물을 책임지기 위한 최소한의 경제적인 상황에 대한 증명서를 제출하는 것이다. 부자를 뽑는 것은 아니었지만 동물이 죽을 때까지의 평균수명을 산출하여 그 기간 동안 해당 동물을 부양할 수 있는 최소한의 경제적인 수치를 계산해 가려낸다.

인간이 할 수 있는 일은 여기까지다. 쉽지 않은 과정을 무사히 마치고 3차 시험을 합격한 사람들에게 마지막 단계가 기다리고 있다. 반려동물 센터로 가서 새로운 가족을 기다리고 있는 고양이들 앞에 인간들이 쭉 늘어선다. 이 자리에서는 고양이가 인간을 선택한다. 인간이 내민 손에 고양이들이 어떤 식으로라도 긍정의 반응을 보여야 인간은 드디어 고양이와 함께 살 수 있다. 고양이를 키운다는 것이 그 사람의 인성, 지식, 경제적 능력을 보장하는 시대다. 누구나 간절하게 고양이를 키우기 원하지만 고양이와 함께 살 수 있는 사람은 극히 소수다. 개인이 고양이의 개체수를 마음대로 조절하는 일은 법적으로 엄격하게 금지되고 길고양이마저 예전에 모두 사라진 지 오래라 비공식적인 경로로 고양이를 얻을 수 있는 길도 없다.

동물 유기나 학대 기사를 볼 때마다 어지러운 마음을 가라앉히기 위해 내가 하는 과격한 상상이다. 그러면 답답하던 속이 조금이나마 시원해진다. 보드라운 털, 다정하게 핥아주는 까칠한 혀의 느낌, 우주를 닮은 신비한 눈동자, 야옹하고 가냘프게 울리는 울음소리를 듣지도 보지도 못한 지구의 다음 세대가 생긴다고 가정하면 슬프다. 지금 다섯 마리 고양이를 키우는 나지만 상상의 세계에서 그 관문 앞에 선다면 합격할 자신이 없다. 고양이에 대한 지식이 모자라서, 인내심이 부족해서, 일정한 수입이 없다는 이유로 문전 박대 당할 것이 뻔하다.
　평생 고양이를 키우지 못한다 해도 내가 만들어낸 이 극

세상의 모든 고양이들이

행복하게 해주세요

단적인 미래가 정말 마음에 든다. 고양이와 함께하지 못하는 허전함에 괴로워도 세상에 태어난 모든 고양이들이 사려 깊은 가족을 만날 수 있다면 그 공허함을 감당할 수 있을 것 같다. 공상이 끝나고 눈을 뜬다. 고양이들이 특별하게 보인다. 내가 굉장히 운이 좋은 사람같이 느껴진다. '또 혼자 엉뚱한 상상을 해버렸구나' 하고 부끄러워하다가 코깜이의 얼굴을 감싸 쥐고 말한다.

"누가 장담할 수 있겠어? 이런 세상이 절대 오지 않을 거라고." ✿

3부

지금
이대로가
좋아요

잃어버린 유별남을 찾아서

어릴 적의 일이다. 길 위를 기어 다니는 초록색 풍뎅이를 발견했다. 가끔 차가 다니는 길이라 그냥 놔두면 바퀴에 깔려 죽을 것 같았다. 안전한 곳으로 옮겨주고 싶었다. 그런데 만지기가 겁나서 망설이는 사이에 상황은 끝났다. 풍뎅이가 바퀴와 아스팔트 사이로 사라질 때 작지만 또렷하게 픽 하는 소리가 났다. 만지기가 겁나서 주춤한 건 사실이지만 벌레 따위를 신경 쓰는 내가 이상해 보일까 봐 생각을 행동으로 옮기지 못한 이유도 있었다.

이상해 보이고 싶지 않아서 오랜 세월 조바심을 냈다. 남들이 웃지 않는 일에 자주 웃음이 나고 남들이 슬퍼하지 않는 일에 슬펐지만 티를 내지 않으려 했다. 어떤 말이 하고 싶다가도 이상한 얘기로 들릴까 봐 열었던 입을 다무는 일도 잦았다. 겁 많고 숫기 없고 예민한 성격이 참 별나다고 생각했다. 어떻게든 다른 사람들 틈에서 튀지 않고 잘 지내기 위해 나를 비벼서 둥글게 만들었다. 무난한 사람이 되어 사회성을 획득한 대신 유별남을 잃었다.

어른이 되고 난 후에야 사람들은 생각보다 다른 사람에게 신경을 쓰지 않는다는 사실을 배웠다. 미술학원에 들어온 나방을 사람들이 잡으려고 해서 나선 일이 있었다. 이대로 놔두면 돌돌 말린 신문지에 맞아 죽을까 봐 어쩔 수 없이 자리에서 일어났다. 초록색 풍뎅이처럼 납작하게 되는 걸 보고 싶지 않았다. 나방을 다치지 않게 두 손으로 조심스럽게 감싸 쥐고 밖에 놔줬다. 그걸 본 학생들이 나방을 손으로 잡아서 놔주는 사람도 있다고 신기해했다. 나도 나방을 만져보기는 처음이었다.

그리고 그 기억은 다른 사람들에게서 금방 잊혔다. 아무도

이상한 나라의 진고로호

나를 맨손으로 나방을 잡아 날려주는 이상한 사람이라고 수군거리지 않았다. 설령 사오정처럼 입으로 나방을 쏟아낸다 한들 사람들의 흥미를 지속적으로 강렬하게 끌 수는 없다. 사람들은 그것 말고도 신경 쓸 게 아주 많으니까. 조금만 남들과 다른 행동을 해도 모든 사람들의 관심을 독차지할까 봐 걱정했던 것은 착각이었다.

사회에서 많은 사람들을 만나다 보니 이상함에 대한 기준이 달라졌다. 누구나 다른 사람이 보기에 쉽게 이해가지 않는 사고방식이나 버릇, 취향이 있다. 그건 이상한 게 아니라 그 사람의 개성이다. 남들에게 피해가 가지 않는 한은 맘껏 이상해도 된다.

'그렇지 않아도 내가 어리석었구나' 느끼고 있던 차에 직장 생활을 하며 이상함을 넘어 남에게 피해를 주는 사람들을 만나면서 생각이 바뀌기도 했다. 욕심이 유난히 많아 다른 사람의 것까지 탐내는 사람, 남에 대한 호기심과 집착이 비정상적으로 심한 사람, 분노와 화가 유달리 많은 사람, 법과 질서에 대한 개념이 아예 없는 사람, 직장에서 갑보다 을의 위치

에 가까웠기에 그들의 삐뚤어진 이상함을 감내해야만 했다. 그런 사람들에 비하면 나는 이상한 축에도 들지 못했다. 나는 고작 잘 웃고 잘 울고 작은 벌레를 좋아하는 것 가지고 신경을 써왔다. 그동안 고민했던 시간들이 억울했다.

그 이후로 웃고 싶을 때 웃고 울고 싶을 때 울기로 했다. 뭐가 좋고 뭐가 싫은지 말하기로 했다. 그런 결심을 한다고 내 얼굴이 갑자기 두꺼워져서 기행을 저지르고 다니려는 건 아니다. 아직도 조심스럽게 주위를 둘러보긴 하지만 비 온 뒤 길가에서 말라 죽을 운명을 맞을 지렁이를 발견하면 급한 대로 맨손으로 잡아서라도 풀숲에 놓아주는 용기 정도는 낼 수 있다. 아이 대신 고양이를 키운다고 이렇게 책으로 전국 방방곡곡에 자랑도 할 수 있다.

나는 어떤 이의 관점에서는 이상할지 모르지만 즐겁고 유쾌한 사람이 되고 싶다. 만약 바쁘게 출근하는 사람들 속에 멈춰 서서 울고 있는 작은 박새를 보기 위해 목이 빠져라 나무를 올려다보며 웃고 있는 나를 본다면 놀라지 않기를 바란다. 대신 잊고 있던 혹은 감추고 있던 자신만의 유별남이 있

는지 찾아보길. 많은 사람들이 각자의 독특함으로 온전히 자
신을 지켜나갈 수 있으면 좋겠다. ✽

나이 먹는 방식

자녀가 있는 사람은 아이들이 커가는 걸 보며 자신이 나이 먹고 있음을 알아차린다. 고양이는 보통 육 개월에서 일 년 안에 성묘가 되고 그 후 노묘가 될 때까지 큰 변화가 없다. 언제나 아기 같은 얼굴이다. 그들의 동안을 보면서 살았더니 나도 나이를 먹지 않는다고 착각하고 있었다. 친절하게도 때마침 현실이 내 어깨를 두드렸다.

핸드폰이 고장 나서 수리 센터에 갔는데 20대 초반으로 보이는 상냥한 남자 직원이 열심히 핸드폰을 고쳐줬다. 예의도 바르고 친절해서 감동했다. 수리가 끝나고 직원이 활짝 웃으면서 핸드폰을 건넸다. 이 말과 함께.

"여기 있습니다, 어머님."

'어머어니이임~?'

머릿속에서 어머님이라는 단어가 종소리처럼 울렸다. 고맙다는 인사를 하는 둥 마는 둥 하고 다급하게 밖으로 나왔다. 남들은 알지만 나만 몰랐던, 아니 모른 척했던 사실이었다. 어머님이라는 호칭으로 불릴 수 있는 나이가 됐다.

나이가 든 사람이면 당연히 결혼하고 아이가 있을 거라고 생각하는 속 깊지 않은 행동에 기분이 나쁠 수도 있었지만 그러기엔 그 직원이 너무나 친절했다.

'젊은 청년, 난 아직 어머님이라고 불릴 마음의 준비가 안 됐네. 난 아이가 없어. 난 어머님이 아니야.'

입 밖으로 꺼내지 못한 말이 내 마음에서 슬프게 맴돌았다. 화장기 없이 적나라하게 드러난 나의 민낯과 흔적만 남아 있는 눈썹을 보니 슬펐다. 모공은 늘어지고 이마의 주름도 오늘따라 태어날 때부터 각인된 것처럼 자리 잡고 있었다. 바

로 화장품 가게로 가서 이것저것 샀다. 파운데이션으로 피부를 가리고 눈썹을 진하게 그리고 입술을 빨갛게 만드는 행위로 어머님 소리를 반사시키고 싶었다. 화장으로 나이를 가릴수는 없지만 뭐라도 해야 마음이 진정될 것 같았다.

처음 어머님이라는 소리를 듣고 나서 이 년이 지났다. 그 동안 진한 눈썹과 빨간 입술에도 나는 두세 번 더 어머님 소리를 들었다. 이제는 어머님이라는 소리를 들어도 기분 나쁘지 않다. 늙어가는 과정에 적응하려고 노력한 덕이다.

수영을 시작했다. 수영을 배우러 갔는데 생각지도 않게 늙어가는 마음가짐까지 같이 배우고 있다. 50~60대 분들이 나를 '엄마'라고 부른다. 당연히 아이가 있겠거니 생각해서다. 같은 반에 친하게 지내는 날씬하고 어린 친구가 있는데 다른 강습생이 나와 그 친구를 모녀 사이로 착각하기도 했다. 나를 엄마로 젊은 친구를 딸이라 생각했단다.

수영장에서 어머님이라는 입지를 굳히고 샤워실에서는 나이 들어가는 것에 대한 심화 학습을 한다. 다양한 연령대의 성인 여성들이 뒤섞여 옷을 벗고 샤워를 하고 머리를 말린다. 일주일에 두 번씩 그 틈에서 내 몸이 완전히 젊지도 늙지도 않은 지점에 있다는 것을 확인한다. 맑은 피부와 탄력 있는 몸매를 가진 아가씨들 사이에서 가느다랗고 굽은 다리, 힘없이 처진 살과 볼록 나온 배를 가진 어르신들은 큰 소리

170

로 웃는다.

"역시 물이 좋아."

그 유쾌한 웃음소리를 들으니 돌아가신 할머니가 하신 말씀이 떠오른다.

"나도 내가 할머니가 될 줄 몰랐단다."

아무리 용을 써도 결국엔 늙는다. 하지만 포기하고 싶지는 않다. 운동도 하고 영양제도 챙겨 먹고 얼굴에 팩도 간간이 하면서 노력할 것이다. 늙지 않기 위해서가 아니라 즐겁게 늙기 위해!

집에 돌아와 남편에게 수다를 떤다.

"나 오늘 수영장에서 왜 딸이랑 같이 안 왔냐는 말 들었어. 수영장 언니들이 젊은 아가씨 회원을 내 딸이라고 착각했지 뭐야."

"자기, 오늘 굴욕당했네."

"호순이랑 동동이. 우리 고양이 딸내미들 데려갔으면 수영장이 난리가 났을 텐데."

나와 함께 같이 늙어가는 남편과 수영장 사건에 대해 웃고 떠든다.

'맞아. 나도 어머님이긴 어머님이지. 고양이 어머님.'

어머님이라는 소리에 정색하기보다 그때마다 '아무렴, 사람 대신 고양이를 키우는 고양이 어머님이지'라고 생각하며 웃기로 했다. 그게 내가 선택한 나이 먹는 방식이다. ✿

시시한 즐거움을 누릴래

　　서은국의 《행복의 기원》에서는 '인간이 왜 행복을 느낄까?'라는 질문을 던지고 그 이유를 진화론적 관점으로 답한다. 동물의 모든 특성은 생존과 번식이라는 뚜렷한 목적으로 발달해왔으며 사람 또한 동물이다. 그렇기 때문에 인간의 행복은 생존과 번식에 있다는 것이다. 인간은 행복하기 위해 사는 것이 아니라 생존하기 위해 필요한 상황에서 행복을 느낀다고 말한다. 재밌는 예가 나온다. 원시인 중 목숨 걸고 사냥하고 기회가 생길 때마다 짝짓기에 힘쓴 일부만이 살아남을 수 있었다. 만약 원시인 중에 고기나 여자에 관심이 없고 오직 나무의 나이테를 셀 때만 묘한 즐거움을 느끼는 남자가 있었다면 그 사람이 살아남을 가능성은 희박했을 것이다.

이 문장에서 나는 눈이 커졌다. 나이테를 셀 때만 즐거움을 느끼는 사람이라니…… 나와 비슷하다. 그나마 생존에는 조금 관심 있지만 번식에는 관심이 없다. 책을 다 읽고 나서도 번식이라는 단어가 마음에 걸려 한참 동안 버스를 타고 가다가도 공원을 산책하면서도 '아……. 번식을 못하다니, 나는 그럼 영원히 행복해질 수 없는 걸까?'라는 생각 때문에 자꾸 아련한 기분이 들었다.

번식에 실패한 대신 무엇을 할 것인가. 이 책에는 인간의 행복에 대한 다양한 내용이 나오지만 그중에서도 시시한 즐거움을 여러 모양으로 자주 느끼는 것에 집중했다. 희망이 삐쭉 튀어나왔다. 마침 그 희망의 싹을 튼튼하게 키워줄 문장을 다른 책에서 발견했다.

앙드레 지드의 《지상의 양식》에서 현자는 모든 것에 경탄하는 사람이라고 표현한다. 《책은 도끼다》에서는 위의 문장을 인용하며 현자를 창의력 있는 사람으로 바꿔 창의력에 대한 이야기를 풀어나갔다. 나는 현자를 '아이 없이도 잘 사는 사람'이라고 바꾸고 싶다. 그러면 더 이상 행복에 대해 심각하게 고민할 필요가 없을 것 같았다. 내가 알고 있는 사람 중에 제일 자주 경탄하는 사람을 꼽으라면 주저 없이 "나야, 나!"라고 외칠 수 있다. 시시한 즐거움과 경탄, 내가 행복하게 살 수 있는 비법을 찾았다.

나에게는 시시한 즐거움이 아주 많다. 그 정도가 너무 시시하여 굳이 남들에게 말하는 게 부끄러울 정도다. 지난여름에는 타이트한 청바지를 벗고 통바지를 두 벌 사서 입었다. 하체가 짧고 통통해서 펑퍼짐한 바지를 입으면 더 통통해 보일까 싶어 그동안 넉넉한 바지는 피해왔다. 그런데 이렇게 편하고 좋은 줄 알았으면 진작 입을 걸 하는 생각이 들었다. 폭염으로 힘든 계절이었지만 통바지 안에 공기가 들랑거리면서 찰랑거리는 느낌으로 행복했다. 수영은 또 얼마나 재밌었는지. 아침마다 물에 들어가 허우적거리면서 영법을 하나하나 익혀가는 기쁨을 원 없이 즐겼다.

경탄하는 일 또한 다반사다. 수영이 끝나고 집으로 돌아가는 길에서도 감탄투성이다. 연두색 열매가 달려 있는 쥐똥나무를 보고 귀엽다고 감탄하고, 통통한 배를 앞뒤로 왔다 갔다 하며 울어대는 매미의 모습을 바라보고 탄성을 내뱉고, 분홍색 배롱나무꽃이 예뻐서 경탄하곤 했다. 작은 일에도 감탄하고 시시한 즐거움을 누리는 일에는 누구보다 자신이 있다. 글을 쓰다 보니 '이런 까닭에 내가 아이를 포기하고도 별 불편함 없이 잘 살고 있구나'라는 내 삶의 비밀 아닌 비밀을 발견했다. 비록 내 유전자를 남길 수는 없지만 나이테를 세며 나만의 행복을 느끼는 사람으로 살아갈 수 있겠다. 번식은 포기했지만 행복한 삶을 포기하지 않을 수 있어 다행이다. ✽

당신과 함께할 수 있어 다행이야

부부 싸움을 중재하는 고양이

고양이는 예민한 동물이지만 고로는 상대적으로 수더분한 편이다. 잘 먹고 잘 자고 낯선 사람이 집에 와도 용기 있게 나와서 킁킁 발 냄새를 맡는다. 가끔 형 진고를 괴롭히기는 하지만 다른 고양이와 마찰도 적다. 큰 소리가 나도 소스라치게 놀라지 않는다. 나이가 들어서 장난치는 횟수도 줄어들어 밥만 배불리 먹으면 만사 오케이다. 다른 애들과 같이 있으면 '꽤 느긋하고 둔감한 고양이군'이라는 생각까지 든다. 이런 고로에게 의외로 섬세한 능력이 있는데 그 능력이 보통 일요일 밤 10시에 발휘된다.

부부는 육아하면서 싸울 일이 많이 생긴다고 들었다. 우리 부부는 말도 잘 통하는 편이고 아이도 없으니 싸울 일이 적겠다 싶었는데 살아보니 역시 인생은 상상한 대로 되지 않는다. 같이 살면서 싸움이 없을 수 없다. 체력이 약한 편이라 밤이 가까워질수록 급격하게 피곤하다. 그럴 때 집안일을 하게 되면 신경이 날카로워진다. 남편은 마음은 그렇지 않겠지만 말을 무뚝뚝하게 할 때가 있어서 이 두 가지 요소가 합쳐지는 날에는 아무것도 아닌 일로 싸우고 만다.

맞벌이할 때 주중에 미뤄놓은 집안일을 일요일 저녁에 몰아서 하곤 했다. 주말에도 뭐가 그렇게 바쁜지 금세 일요일 저녁이 된다. 저녁을 먹고 나서부터 밀린 일을 해치우려고 달린다. 고양이 발톱을 깎고 털을 빗질하고 화장실 청소하고 집 안 정리하고 냉장고에 있는 음식물 쓰레기를 버리고 쌓인 접시와 컵을 깨끗이 씻는다. 이 모든 일을 해결하고 한숨을 돌리니 벌써 시간은 밤 10시가 되어가고 몸은 무겁고 내일 출근할 생각에 우울해진다. 거기다 고양이털 때문에 갑자기 알레르기가 폭발해서 콧물이 쏟아진다.

그때 남편에게 휴지를 달라고 말한다. 그 시간이 되면 남편도 본인이 해야 할 집안일을 마치고 축구를 보고 있어서 내가 하는 말을 잘 듣지 못한다.

"자기 휴지 좀 주세요."

대답이 없다.

"자기 휴지 좀 줘!"

목소리가 높아지다가 말싸움이 일어난다. 각자 싱크대와 컴퓨터 앞에서 날카로운 말들을 던지다 싸움이 점점 커진다. 화가 머리끝까지 나 고무장갑을 내던지고 남편한데 가서 정식으로 싸움을 요청하는데 바로 그때가 고로가 무대에 등장할 타이밍이다.

느긋하고 둔감하다고 생각했던 게 미안해질 만큼 고로는 우리 둘 사이의 분노를 기가 막히게 감지한다. 밥을 먹고 꾸벅꾸벅 졸다가도 목소리가 높아지면 급하게 달려와서 내 다리에 앞발을 얹으면서 큰 소리로 운다. 그 모습이 꼭 '싸우지 말라옹. 그만두라옹'이라고 외치는 것 같다. "고양이는 사람 싸움에서 빠져" 하고 밀어내도 줄기차게 울어댄다. 고로가

182

중재해도 이제 막 불붙기 시작한 싸움을 갑자기 멈출 수 있는 건 아니지만 아무래도 목소리를 낮추게 된다. 지금은 남편도 농담으로 "일요일 밤 10시의 당신은 너무 위험해"라고 말할 정도로 서로의 컨디션을 잘 파악하고 싸움이 커지는 걸 방지하는 요령도 터득해 고로가 활약할 기회가 많이 줄었다. 그렇다고 고로가 완전히 한가해진 것도 아니다.

내가 직장을 그만두고 더 이상 일요일 밤 10시에 난폭해질 일도 없는데 싸울 일은 계속 생긴다. 한바탕 말싸움하고 분위기가 어색해졌다. 집이 좁으니 서로 보기 싫다고 해도 떨어져 있을 수가 없었다. 거실 테이블에 마주 앉아 흘겨보고 있는데 갑자기 조용한 공기를 깨면서 남편이 큰 소리로 고로에게 말을 걸었다.

"고로야, 어떻게 너는 엄마랑 그렇게 오래 살았니?"

어이가 없어 웃음이 터졌다. 싸움을 말리는 일 대신 고로에게 아빠의 푸념 상대라는 새로운 역할이 생겼다. 고로가 인간의 말을 할 수 없는 것이 나에게 유리한지 불리한지는 알 수 없다. '십이 년을 엄마랑 살았지만 매순간이 너무 행복

뭐 하느라 그렇게 피곤해?

했다옹. 그러니 아빠도 엄마에게 잘하라냥'이라고 대답해줄
거라고 믿지만 '아빠, 이쪽으로 오라옹. 사실은 나도 힘들었
다옹'이라며 둘이 어깨동무를 하고 나 없는 방으로 가서 밤
새도록 이야기를 나눌지도 모른다. ✽

참새에게 배우다

집고양이는 게으른 것이 미덕이다. 부지런한 고양이는 상상만 해도 피곤하다. 아침을 먹고 잠에 빠지는 대신 눈을 크게 뜨고 이리저리 왔다 갔다 하는 고양이와 살면 나까지 정신이 없을 것 같다. 다행히 우리 집 고양이는 아침을 먹고 각자의 자리에서 털을 손질하다가 하나둘씩 잠든다. 냐옹 소리가 사라지고 집에는 냉장고 돌아가는 소리만 가끔 들린다. 마음이 급하거나 불안한 일이 있어도 낮잠 자는 고양이를 바라보면 신경이 느슨해진다.

내가 만약 집고양이로 태어났다면 어느 고양이보다 더 게

으르게 묘생을 보낼 자신이 있다. 사람에게 천성이 있다면 나는 확실히 게으른 편이다. 아무것도 하지 않을 때가 제일 좋다. 구체적으로 말하면 고양이를 껴안고 침대에 누워 있을 때가 가장 행복하다. 살짝 열린 베란다 창 사이로 풀벌레 소리까지 들려온다면 더 이상 말이 필요 없다. 그렇게 누워서 온종일 보낼 수 있다. 글을 쓰는 것도 그림을 그리는 것도 내가 좋아하는 일이지만 그 과정은 쉽지 않다. 자꾸 눕고 싶어서 실룩거리는 엉덩이를 의자에 꼭 붙들어 매야 한다. 여행 가서 멋진 풍경을 보는 일도, 좋아하는 사람들과 함께 맛있는 음식을 먹는 일도 행복하지만 누워서 아무것도 하지 않을 때에 비할 바는 아니다.

이렇게 가다가는 목표한 대로 영원히 게으르게 살 수 있겠다 싶은 타이밍에 나는 항상 작은 것들을 만난다. 출근하기 싫어서 침대에서 미적대느라 결국 대충 씻고 아침도 먹지 못한 채 집을 나선 순간, 길고양이가 조심스럽게 두리번거리며 먹이를 찾고 있는 모습을 본다. 나도 모르게 투덜거리는 입을 다물게 된다. 터덜거리던 걸음에 힘이 들어간다. 오늘 하루도 버텨보겠다고 열심히 살겠다고 듣지 못하는 고양이에게 약속한다.

참 이상하지. 나를 다시 일으키는 힘은 그런 것들에게서 온다. 이른 아침, 차가운 빗방울을 맞으면서도 열심히 먹이를 쪼아 먹고 있는 비둘기, 한겨울 피곤한 얼굴로 사정없이 매달리는 새끼들에게 젖을 주고 있는 검둥개, 짧은 줄에 묶여도 사람의 기척만 느껴지면 반갑다고 꼬리를 흔드는 커다란 개. 이런 소소하지만 결코 소소하지 않은 장면들을 보면 코끝이 찡해진다. 나를 가만히 누워 있을 수 없게 만든다.

바쁜 날이었다. 이 나이 먹도록 뭔가 이루기 위해 동동거리는 게 피곤하다는 생각이 든 순간 참새를 발견했다. 조금만 있으면 해가 질 텐데 마지막 순간까지 바쁘게 새끼에게 줄 먹이를 나르고 있었다.

"참새야. 너도 새끼를 키우느라 바쁘구나. 내 몸 하나만 건사하면 되는 내가 널 보고 어떻게 피곤하다고 불만을 가질 수가 있겠니."

혼잣말하고 다시 기운을 내본다. 말 못하는 생명도 살기

위해 온 힘을 다한다. 그에 비하면 나는 참으로 한량이다.

집에 돌아오니 온종일 누워서 잠만 잤던 고양이들이 잠에서 깨어 있다. 부은 눈으로 일어나서 밥 달라고 울기 시작한다. 사료를 그릇에 담고 있을 때 싱크대로 올라와 머리를 마구 디밀기도 하고 실랑이를 하다가 사료를 한입 크게 물고 도망가기도 한다. 밥을 주면 금세 먹어치우고는 남의 밥그릇을 탐한다. 아무것도 하지 않는 것처럼 보이는 게으른 집고양이도 먹고 살기 위해 나름의 노력을 하고 있다. 배불리 먹고 아무 일도 없었던 것처럼 또 흩어져서 잠을 청하는 녀석들.

"그래, 너희는 게을러도 돼. 하지만 난 오늘 밤 조금 더 노력해볼게."

적어도 오늘 만난 참새에게 부끄러운 기분을 느끼고 싶지 않다. ✽

내 안에 있는 아이

     그날은 바다가 보이는 여수의 한 카페에 앉아 있었다. 큰 창 밖으로 남청색의 바다가 햇살을 받아 눈부시게 반짝거리고 그 위를 케이블카가 지나다녔다. 오랜만의 휴가였다. 카페 안은 조용하고 아이스 핸드드립커피는 산뜻하고 청량했다. 인생에서 중요한 걸 놓치고 있는 건 아닌가 하는 의심이 잔물결같이 쉼 없이 일던 시기는 지났다.

  '이제 진짜 딩크로 살자. 흔들리지 말자.'

  그렇게 결심한 직후였다. 바다를 바라보다 책을 꺼냈다. 밑줄까지 치면서 열심히 읽다 보니 어느새 어린이를 데려온 가족 손님이 많아졌다. 아이러니했다. 아이들의 깔깔거리는 웃음소리를 들으면서 내가 읽었던 책은 아이 없는 삶에 대한 것이었다. 내 아이는 없지만 내 삶에 아이가 없는 것은 아니라는 걸 느낀 순간이었다.

이름을 아는 아이들이 생겼다. 처음에는 빤히 쳐다보는 눈빛, 갑자기 터지는 웃음과 갑자기 터지는 울음, 의미를 알 수 없는 놀이, 당황스러운 질문들이 낯설었다. 아이를 대하는 것이 어려웠던 시절을 지나고 나이를 먹으니 다르게 느껴졌다. 얼마 전에 지인의 집에 놀러 갔다. 이제 세 살이 된 아이는 오물조물 과자를 먹다가 나에게 다가와 입가에 묻은 과자부스러기를 닦아달라는 시늉을 했다. 맑고 까만 눈, 긴 속눈썹, 앞으로 내민 입술이 어찌나 귀엽던지 휴지로 조심조심 입을 닦아주면서 "아이, 예뻐라" 하고 웃어버렸다. 다음 날에도 그 아이가 보고 싶었다.

이름을 아는 아이들 덕분에 이름을 모르는 아이들에게도 눈길이 갔다. 아파트 바로 앞이 초등학교라 하교 시간과 맞물려 외출하면 그 일대가 아이들 소리로 떠들썩하다. 조용하던 공간에 활기가 생긴다. 우리 윗집에도 어린아이들이 있다. 얼굴은 본적 없지만 가끔 큰 소리로 떠들고 뛰어다녀 알고 있다. 청각에 유난히 예민해서 예전이라면 스트레스를 받을 수도 있는 상황이지만 지금은 아무렇지도 않다. 우리 집 고양이도 밤에 울어대니 아이가 뛰나 고양이가 우나 서로 시끄러운 것은 매한가지라고 생각하는 이유도 있다. 특히 저녁 무렵 혼자 집에 있을 때 고양이들도 다 잠이 들어 적막한 시간에 아이들 소리가 들리면 반가운 기분마저 든다. 지금도 모든 아이들이 똑같이 사랑스럽지는 않지만 세월과 함께 예전의 무관심은 사라지고 아이들을 보며 다양한 감정을 느끼게 됐다.

녹차밭에 놀러갔을 때 머리 위에서 아주 큰 거미를 발견했다. 남편에게 "저것 봐! 저기 거미가 있어!"라고 외치는 찰나 맞은편에서 아이의 목소리가 들렸다. "엄마, 저길 봐! 저기 거미가 있어!" 나와 아이는 동시에 거미를 쳐다보며 기뻐했다. 어른들이 녹차밭 관광에 정신이 없는 사이에 아이와 나, 둘만이 걸음을 멈추고 거미를 동시에 쳐다봤다. 특별한

경험이었다. 아이와 동질감을 느끼는 동시에 내 안에 있는 아이를 발견했다. 아무런 거리낌 없이 자유로운 순간에도, 지금 아무것도 할 수 없다는 무력감을 느낄 때도 나는 그 아이를 만난다. 아이는 삶이 주는 기쁨과 즐거움을 의심 없이 받아들인다. 별일 아닌 일로 재잘거린다. 갑자기 세상이 너무 크고 낯설게 느껴지면 '엄마' 하고 집으로 달려가 이불 속에 숨고 싶은 기분이 들기도 한다.

윗집에서 아빠가 "우우우~" 하고 괴물 소리를 내니 아이들이 깔깔거리면서 뛰어다닌다. 살며시 미소를 띠고 테이블에 앉아서 책을 읽으려는데 옆집 아이들까지 같이 소리 지르기 시작한다. 애들이 동시에 뛰고 소리를 지르니 조금 전까지 내 얼굴이 살짝 어렸던 미소가 사라졌다. 급하게 음악을 틀고는 머쓱했다. 이름을 아는 아이, 이름을 모르는 아이, 그리고 나라는 아이. 아이 없는 내 삶이지만 아이는 항상 가깝게 있다. ✿

현명하게 늙어가는 법

나보다 어린 친구들과 수다를 떨다가 "나이가 드니까 피부가 너무 건조한 거 있지"라고 말하고 나서 아차 싶었다. 또 나이 이야기를 꺼내고 말았다. 올해 들어 "나이가 드니까⋯⋯"로 시작하는 문장을 너무 많이 만들었다. 언니라는 호칭으로 불리고 있지만 나이 차가 난다는 사실을 의식한 적 없는 사이인데도 왜 자꾸 물리적 나이가 많다는 것을 그들에게 어필하는 것일까?

내가 곧 마흔이 된다고 자랑하는 것은 아니다. 나이가 드는 것은 살아 있는 사람이면 누구나 누릴 수 있는 것이니까.

나이가 많다고 푸념하는 것도 아니다. 어르신들이 보기에 마흔은 꽃 같은 나이일 수도 있다. 그러니 내 나이가 많은 것은 절대 아니라고 믿고 싶다. 나이를 먹는 일이 신기하기 때문이다. 나는 올해 처음으로 서른아홉 살이 됐다. 그동안 흘려듣기만 했던 노화의 증상이 하나둘씩 내 몸에 나타났을 때 든 생각은 슬프다가 아니었다. 사라지지 않는 주름을 거울로 확인하며 경이로움마저 들었다.

'와……. 이런 증상이 나에게도 일어나는구나.'

예를 하나만 들면 내 피부는 엄청난 지성이었는데 세월과 함께 몸의 기름기가 싹 사라졌다. 대신 너무나도 건조해서 요즘은 페이스 오일을 덕지덕지 바르고 있다. 피부로만 따진다면 완전히 다른 사람이 됐다.

정신적 변화도 놀랍다. 지금도 또래에 비하면 그렇게 어른스러운 타입은 아니지만 아무 생각 없이 즐거웠던 젊은 시절과 비교하면 진짜 어른이 되었다. 인생의 깨달음을 얻어가는 과정이 소중하다. 겁도 많고 상상력도 풍부해서 뭐든 해보기 전에 힘들 거라고 지레짐작하고 쉽게 포기해왔다. 얼마 전에야 간신히 깨달은 것이 있다.

'인내심을 가지고 일정한 시간 어떤 일을 계속해나간다면 우리는 그 일에 익숙해지게 된다. 익숙해지면 결국 잘할 수 있게 된다.'

이렇게 간단한 인생의 진리를 이제야 알다니 진작 알았다면 나는 더 많은 것을 이뤘을지도 모른다는 아쉬움이 생긴다. 하지만 지금에라도 깨우친 내가 대견하다. 누구에게라도 자랑하고 싶어서 입이 간질거린다.

직장을 다닐 때 내가 많이 힘들어하면 나보다 열 살 많은 선배가 항상 이야기했다.

"지금 진고로호 씨가 겪고 있는 건 힘든 것도 아니야. 나는 더 심한 일도 많이 겪었어."

그럼 옆에 있던 나이 많은 팀장이 한마디 거든다.

"그래. 이런 일은 아무것도 아니야. 예전에는 더 힘들었어."

그때는 사람이 힘들다는데 왜 옆에서 자기들은 더 힘들었다고 쓸데없는 소리를 하는지 이해가 가지 않았다. 나는 후배가 힘들다고 이야기할 때 "그렇구나. 많이 힘들구나"라고 들어주기만 해야겠다고 결심했다. 그런데 지금 생각하니 그건 "너는 지금 힘들지 않아"라고 내 고통을 폄하하는 것이 아니었다. 다만 본인들도 나이를 먹으며 지금에 이르기까지 많이 일이 있었고 그걸 모두 겪으며 애썼다고 그러니 알아달라고. 너도 나중에 나이를 먹으면 지금의 일이 아무것도 아니라는 걸 우리처럼 알게 될 거라고 말했던 것은 아니었을까.

나이를 먹을수록 생기는 노화와 성장을 자꾸 주위에 말하고 싶어 하는 내 마음처럼.

　나이가 드는 게 신기하더라도 어떤 이들에게는 재미없는 이야기로 들릴지도 모르니 늙어가는 기쁨은 되도록 함부로 말하지 말아야지 하고 다짐해본다. 정 답답하면 나와 같이 나이 먹고 있는 고양이들한테 이야기해야겠다.

　"진고야. 너 예전에는 항상 눈이 깨끗하더니 요즘은 자꾸 눈곱이 끼네. 우리 진고 늙어가고 있구나."

　진고는 말이 없다. 그래. 나이가 들수록 고양이처럼 조용해져야지. 현명하게 늙어가는 법을 고양이는 알고 있다. ✿

보고 싶은 내 고양이들

오전 7시가 되기도 전에 눈을 떴다. 커다란 창을 가린 커튼 너머로 환한 아침 햇살과 새소리가 고스란히 느껴졌다. 물 한잔을 마시고 남편과 산책을 나왔다. 이제 막 가을빛이 들기 시작한 제주의 일요일 아침이다. 햇빛이 부드럽게 동네를 비추고 있다. 돌담이 예쁜 골목길을 지나 도로를 따라가면 양옆으로 나무가 빼곡한 개울이 나온다. 주황색 감이 듬성듬성 달린 감나무와 파란 지붕의 집이 잘 어울린다. 조금 걷다 보니 아침 해를 담고 있는 눈부신 바다가 보였다. 보목포구를 지나는데 할머니 한 분이 "미깡" 하고 귀엽게

웃으시면서 귤을 건넸다. 아직 초록빛이 듬성듬성 남아 있는 예쁜 귤이다. 감사하다고 인사하고 오름에 올랐다. 동네 뒷산처럼 야트막한 제지기오름이다. 올라가는 길은 제주도의 나무와 풀로 무성했다. 정상에 서니 섶섬이 한눈에 들어온다. 의자에 앉아 한참 바다를 바라봤다.

일어나자마자 비몽사몽 고양이 밥을 챙기고 청소기를 돌리는 일상의 아침과는 완전히 다른 날이었다. 돌담 골목과 작은 개울과 파란 바다와 오름을 거치는 산책이라니. 이상적이고 특별한 아침이었다. 돌아오는 길에 어느 집 마당 야자수 아래 앉아 있는 고양이와 눈이 마주쳤다. 노란 무늬의 고양이였다. 얼핏 보면 진고와 닮은 듯 보이지만 자세히 보니 크기도 이목구비도 털빛도 완전히 달랐다.

이번 제주 여행은 완벽했다. 초가을 제주는 모든 게 반짝거렸고 태풍이 지나간 후라 공기까지 상쾌했다. 들르는 공간마다 마음에 들었고 먹는 음식마다 맛있었다. 고양이도 많이 만났다. 왈종미술관 앞에서는 온몸이 치즈색 줄무늬로 덮인 고양이를 봤다. 잘 먹어서 통통하고 털에 윤기가 흘렀다. 산

방산 아래에서는 머리 일부와 꼬리만 삼색인 하얀 고양이를 만났다. 송당리에서는 스카프를 귀엽게 맨 치즈색 고양이 두 마리를 만났고 하도리에서는 어두운 회색 줄무늬 고양이와 카오스 고양이를 봤다. 제주도의 특산품이 귤이 아니라 고양이가 아닌가 하는 생각이 들 정도로 예쁜 아이들을 많이 만났다. 신기한 점은 그렇게 많은 고양이를 봤는데 우리 집 애들과 닮은 아이들이 하나도 없었다. 검정색 코트를 입고 있는 턱시도 고양이도 못 만났고 부드러운 회색과 연한 황토색이 섞인 물 빠진 삼색 고양이도 없었다. 어디 가나 흔한 검정과 흰색의 젖소무늬 고양이도 없었고 검은색 줄무늬를 가진 갈색 고양이도 보지 못했고 꿀색 털에 라임색 눈이 예쁜 하얀 고양이도 없었다.

그래서인지 밤이면 애들이 생각났다. 평소에는 여행을 오면 고양이가 없어서 편하게 잘 수 있다는 기쁨이 컸다. 이번에는 둘만 누운 침대가 바다처럼 넓었다. 아무리 손과 발을 뻗어도 따뜻하고 보드라운 털이 닿지 않으니 허전해서 잠이 오지 않았다. 결국 남편에게 징징거렸다.

"집에 빨리 가고 싶어. 고양이 보고 싶어. 내 고양이들."

2박 3일의 짧은 일정이었지만 마지막에는 익숙한 냄새가 나는 침대에서 고양이들에게 둘러싸이고 싶어 안달이 났다. 공항에서 비행기를 기다리면서부터 김포에 도착하고 공항버스를 타고 다시 마을버스를 타고 집에 도착하기까지 보고 싶은 마음에 발을 동동거렸다. 반가운 마음에 현관문을 열자마자 고양이들에게 달려드니 우르르 도망간다. 한 마리 한 마리 붙잡고 잘 있었냐고 인사했다. 엄마가 잘 돌봐줘서 애들이 눈곱 하나 없이 보송보송하다. 보송보송하지 않은 건 우리의 마음이었다. 남편도 옆에서 고양이를 만지면서 난리다. 이래서 어떻게 다음 여행을 계획할 수 있을까?

때마침 우리는 당분간 여행할 여유가 없다. 엄마가 조카를 돌보는 바람에 고양이를 맡기기가 힘들게 됐기 때문이다. 믿거나 말거나 내년에는 우리의 바람대로 꼼짝없이 집에만 있게 생겼다. 하루도 고양이 없는 밤을 보내지 않을 것이다. 여행에서 얻는 영감 대신 고양이와 함께하는 밤 덕분에 더 나다운 글을 쓰고 그림을 그릴 수 있기를 희망해본다. ✿

시인이 되고 싶어

　　　　일주일에 한 번 반찬을 사러 가는 가게가 있
다. 갈 때마다 한마디씩 말을 건네는 사장님에게 직장을 그
만뒀다는 이야기를 했다. 그다음에도 계속 저녁에 반찬을 사
러 갔더니 사장님이 물었다.

　"일을 그만뒀는데도 많이 바쁜가 봐요."

　그렇다고 답했더니 사장님은 반찬을 담아주며 친절하게
웃었다.

　"엄마들은 아침에 아이를 학교에 보내고 나서도 할 일이
많죠?"

나를 얼마 전에 직장을 그만두고 아이를 돌보는 전업주부지만 무슨 일이 그렇게 많은지 저녁에 장을 보러 오는 엄마로 알고 있는 사장님에게 해명을 하는 대신 달걀말이, 두부조림, 장조림, 연근조림이 담긴 봉투를 받아 들고 조용히 가게를 나왔다. 그 일 덕분에 아침저녁으로 그 반찬 가게 앞을 지나갈 때마다 강제로 '나는 무엇인가?'라는 질문에 직면하게 됐다.

요즘 세상에 우리는 무엇이 되어야만 한다. 오랫동안 직장

을 그만두고 싶었지만 그럴 수 없었던 이유는 쓸모없는 사람이 될까 봐였다. 사람들이 "뭐 하세요?"라고 물어볼 때 한 단어로 된 직업을 바로 댈 수 있는 것, 매달 월급을 받는 일이 쓸모 있는 사람으로 느낄 수 있게 하는 방법이었다. 직장인이라는 이름표를 떼어버리고 나를 설명할 이름을 잃었다.

결혼은 했지만 엄마는 아니고 고양이 다섯 마리를 돌보고 있으며 집안일을 하지만 전업주부도 아니다. 글을 꾸준히 쓰고 있지만 작가라고 말하기도 뭐하고 일러스트 학원을 다니면서 그림을 그리지만 학원생이라고 하기도 어중간하다. '있는 그대로 나는 그냥 나, 그 어떤 이름도 나를 정의할 수 없어'라고 정색하기에는 내 인생철학이 아직 그 정도로 무르익지 않았다.

레오 리오니의 그림책 《프레드릭》에는 프레드릭이라는 들쥐가 나온다. 다른 들쥐들은 겨울을 앞두고 양식을 모으기 위해 열심히 일을 하지만 프레드릭만 일을 하지 않고 멍하니 있는다. 겨울이 깊어지고 모아놓은 식량이 떨어졌다. 들쥐들은 프레드릭의 양식은 어떻게 되었는지 궁금해했고 프레드릭은 그동안 모아놓은 햇살, 색깔, 계절의 이야기를 말해준다. 프레드릭이 이야기를 마치자 들쥐들은 프레드릭을 시인이라 하며 감탄한다. 그림책의 마지막 장면에서 얼굴을 붉힌 프레드릭이 대답한다.

"나도 알아."

그림책을 보고 나도 알았다.

'나도 시인이 되고 싶어.'

어느 날 삐죽 하얀 꽃잎을 세상에 내보낸 목련.

장미 꽃잎을 어깨에 메고 빠른 걸음으로 집으로 돌아가는 개미.

여름에 태어나 겨울의 매서움을 알 턱이 없는 어린 길고양이.

가을의 끝에서 바싹 마른 플라타너스 나뭇잎을 풍선처럼 손에 쥐고 걷는 아이.

햇살과 색깔, 그리고 계절이 묻어나는 이야기를 소중히 모아 여름에는 겨울을 겨울에는 여름을 잊지 않도록 나는 시인이 되고 싶다. 돌이켜보면 혼잣말과 낙서, 일기장에 급하게 적은 신세 한탄, 누군가에게 보여주기 위해서 쓴 글 모두 시의 형식은 아니지만 그렇게라도 나는 시를 쓰고 싶었는지 모른다. 꼭 무언가가 돼야 한다면 나는 시인이 되겠다. 마음에 담은 것들을 소중히 기억해 글과 그림으로 만들어내는 순간 나는 나의 쓸모를 확신했다.

잠이 덜 깬 고양이의 귓가에 "오늘 아침 공기가 너의 눈동자처럼 맑아"라고 속삭이는 일이 전부라 해도 반찬 가게 사장님이 다시 한번 묻는다면 아주 작게 말해야지.

"저 사실은 시인이에요." ✽

가을 너머에 있는 것

평생 가을이 제일 좋았다. 여름에는 더위에 늘 어져 있다가 가을이 오면 '이제 좀 살겠다' 안도했다. 그런데 올해는 달랐다. 올여름은 정말 더웠지만 그 폭염 속에서 여름 만의 생명력을 뜨겁게 느꼈다. 매년 듣는 매미 소리마저 어쩜 저렇게 절박하게 들리는지 '아……. 여름이다. 매미도 나도 살아있구나' 싶었다. 초록으로 진하게 물든 숲과 하얀 구름이 뭉게뭉게 핀 파란 하늘을 만끽했다. 여름 내내 도로를 따라 길게 심어놓은 피튜니아의 향이 은은했다. 온몸이 뜨거워졌을 때 마시는 얼음을 잔뜩 넣은 아메리카노는 얼마나 시

원한지. 한입 가득 베어 물은 자두는 새콤했다. 행복한 계절이었다. 어느 날 영원히 계속될 것 같던 여름이 갑자기 뚝 끝났다. 나뭇가지에 허물만 남겨놓고 매미 소리는 사라졌다. 버릇처럼 차버린 이불 밖의 발이 시렸다.

내가 운이 아주아주 좋아 여든까지 살 수 있다고 가정한다면 그래서 그 인생을 사계절로 나눠본다면 지금이 딱 여름이 끝나는 시점이다. 내 인생의 여름이 끝났다는 것을 본능적으로 눈치챘는지 지금까지 빨리 지나가기만 기다렸던 여름이 그래서 좋았나 보다. 가을을 평온한 마음으로 맞이할 수 있는 나이가 지났다. 지나간 여름을 그리워하는 사이에 가을이 깊어졌다. 바싹 말라버린 나뭇잎이 나무 아래 수북이 쌓였다. 벚나무였다. 봄에는 연분홍 꽃을 꿈처럼 피워내고 여름에는 보라색 열매를 한가득 맺었던 아름다운 나무는 어느새 노랑과 갈색의 이파리를 떨어트리고 있었다.

"나중에 아이 없는 걸 후회하게 될 거야."

꽤 여러 번 들었던 말 앞에서 나는 진짜 후회할지도 모른다고 생각했다. 나는 내가 맞을 아이 없는 겨울이 두려웠다.

추운 겨울 굽은 등으로 혼자 걷게 될까 봐 무서웠다. 그 말이 피할 수 없는 저주처럼 느껴졌다. 가을 너머에는 겨울이 있다. 그래서 가을을 외면하고 싶었는지도 모른다. 이런저런 생각을 하며 땅만 바라보며 걷다가 고개를 들었다. 초록의 절정은 끝났지만 군데군데 산수유나무 사이로 빨간색 열매가 달려 있다. 모과가 덜렁거린다. 나뭇잎이 떨어지니 무성한 이파리에 가려져 있던 수많은 가지가 드러난다. 나무들이 빨강, 노랑, 분홍, 자주 온갖 가을색으로 물들었다. 가을의 숲은 여름과는 다른 색으로 빛나고 있었다. 가을이 아름다웠다.

인생의 끝에서 자식을 갖지 않는 걸 후회하게 될 거라는 말을 듣고도 잠자코 웃기만 했던 과거의 나를 떠올렸다. 지금이라면 나는 이렇게 대답할 것이다.

"당신의 저주는 반사하겠어요."

인생의 끝에서 내가 중요하게 여겨야 할 것은 아이의 유무에 따라 흔들리는 삶이 아니다. 내 안의 진실한 소리에 귀를 기울였는지, 매일을 얼마나 충실하게 보냈는지, 사랑하는 사람들과 자주 웃고 계절을 온전히 느끼고 내 삶을 얼마나 사랑했는지가 훨씬 중요하다.

이 가을 너머에 있을 추운 겨울이 궁금해졌다. 혼자 있게 된다 해도 상관없다. 나는 아주 귀여운 할머니가 되고 말 테다. 얼굴에는 주름이 가득해도 마음 안에는 초록빛 새싹과 알록달록한 작은 꽃이 가득한 할머니가 되고 싶다.

가을의 숲에서 다짐했다.

'점점 드러나는 마른 가지 사이로 차가운 바람이 쌩하고 불어도 쓸쓸해하지 않을 거야. 온몸에 담아둔 지난 봄과 여름의 기억으로 귀엽고 작은 열매를 맺을 거야. 이윽고 겨울이 와 숲이 하얗게 눈으로 덮이고 한밤처럼 고요해지더라도 몇 장의 낙엽, 몇 알의 열매, 지난 계절이 나에게 준 선물을 손에 꼭 쥐고 숲을 걸을 거야.'

나는 지금 나의 가을을 맞을 준비가 됐다. ✿

아이는 됐고 남편과 고양이면 충분합니다

© 진고로호, 2019

초판 1쇄 인쇄일 2019년 6월 20일
초판 1쇄 발행일 2019년 6월 27일

지은이   진고로호
펴낸이   정은영
편집   고은주 한지희
디자인   안선주 한수영
마케팅   백민열 이혜원 하재희
제작   이재욱 홍동근

펴낸곳   꿈지락
출판등록   2001년 11월 28일 제2001-000259호
주소   04047 서울시 마포구 양화로6길 49
전화   편집부 (02)324-2347, 경영지원부 (02)325-6047
팩스   편집부 (02)324-2348, 경영지원부 (02)2648-1311
이메일   spacenote@jamobook.com

ISBN 978-89-544-3988-6 (03810)

꿈지락은 "마음을 움직이는(感) 즐거운(樂) 지식을 담는(知)"
㈜자음과모음의 브랜드입니다.

이 도서의 국립중앙도서관 출판시도서목록(CIP)은 서지정보유통지원시스템 홈페이지
(http://seoji.nl.go.kr)와 국가자료공동목록시스템(http://www.nl.go.kr/kolisnet)에서
이용하실 수 있습니다.(CIP제어번호: CIP2019021596)